三国志に学ぶリーダー学

村上政彦
Murakami Masahiko

潮出版社

はしがき

『三国志演義』（以下、『演義』）といえば、十四世紀に完成されて以来、ほぼ七百年にわたって読み継がれてきた大古典の小説です。中華世界ばかりか、日本でもすでに元禄のころ翻訳されて、当時のベストセラーになった。いまも、小説はもちろん、漫画やコンピュータゲームとしても人気があって、多くの人々に親しまれている。

この作品の魅力は、どこにあるのか？　大雑把にいえば、一つには天下取りという物語の面白さ。もう一つは、登場人物の多様さでしょう。物語には、当代の英雄・豪傑がひしめいていて、それぞれのキャラクターがつぶだっている。

とりわけリーダーたちの姿が、生き生きと描かれている。彼らの言動には、時空を超えて、現代においても教訓となることが少なくない。

『演義』と並ぶもう一つの『三国志』――『正史　三国志』（以下、『正史』）は三世紀に完成された、こちらも大古典の歴史書です。本書では、『演義』を中心にして、『正史』も参照しながら、すぐれたリーダーの在り方を考察していきたいと思います。

三国志に学ぶリーダー学……目次

【三顧の礼】
人材獲得への執念とスカウティングの極意を学ぶ……8

【水魚の交わり】
上司・部下の信頼を得る人心掌握術を学ぶ……18

【関羽の千里行】
敵のなかにも優れた人材を求める度量の大きさを学ぶ……27

【泣いて馬謖を斬る】
賞罰を明快にして組織のモラルを保つ原理を学ぶ……37

【連環の計】
横暴な権力者を反面教師にリーダーとしての在り方を学ぶ……48
【桃園結義】
本物の団結の絆をつくりだす大義と誓いの力を学ぶ……58
【三寸不爛の舌】
敵の懐に飛び込んで味方に変える外交戦の駆け引きを学ぶ……68
【長坂橋の戦い】
敵を飲み込むほどの気迫と捨て身の覚悟を学ぶ……78
【出師の表】
名文を味わい、大人物の心の豊かさ繊細さを学ぶ……89

【孟獲心攻戦】
〝相手の心を攻めて〟従わせるソフトパワーの人格力を学ぶ……99
【姜維の北伐】
師から弟子に継承される精神と生き方の美しさを学ぶ……110
【呉の建国】
多くの優秀な人材を得た三人の名君の人間的魅力を学ぶ……120
【呉の家臣団】
己の長所を活かし組織に勝利をもたらす知恵を学ぶ……129
【官渡の戦い】
時機を逃さず、人の意見に耳を傾ける姿勢の大切さを学ぶ……139

【徐庶の母】
英雄豪傑の活躍を支えた女性たちの偉大さを学ぶ……149
【孔明の北伐】
安逸を選ばず、日毎に自由と生活を戦い取ることの幸福を学ぶ……159
【孫策の日時計】
人を信じ貫く勇気と約束を守る誠実さから生まれる信義を学ぶ……169
【馬騰と馬超】
義に生き抜く道を父みずから子に示した信念を学ぶ……179
【夷陵の戦い】
新しい人材を抜擢し、結果を出させる上役の補佐術を学ぶ……190

【七歩の詩】
相手の急所を突き心を動かす当意即妙の言葉の効果を学ぶ……199
【世襲と禅譲】
リーダーが出処進退を決めるポイントと後継者選びの難しさを学ぶ……211
引用参照文献一覧……221

装丁　重原　隆

三国志に学ぶリーダー学

【三顧の礼】

人材獲得への執念とスカウティングの極意を学ぶ

『演義』の登場人物で、もっとも有名なのは、諸葛亮《しょかつりょう》と劉備《りゅうび》でしょう。二人が出会ったとき、〈三顧《さんこ》の礼〉というエピソードが生まれている。

後漢の末、朝廷では宦官《かんがん》が大きな影響力を持って、世の中は乱れていた。政道に不満をかかえる民衆は、あちこちで反乱を起こしている。漢王朝の血筋を引く劉備は、関羽《かんう》、張《ちょう》飛《ひ》という豪傑と、生まれた日は別々だが、死ぬ日は同じだと、義兄弟の契りを交わし、挙兵して天下統一に乗り出す。

まず劉備は、わずか五百の手勢で、五万の暴徒を鎮圧して、尉《い》（警察署長）に取り立てられる。それまで筵《むしろ》や草鞋を編んで、貧しい暮らしをしていたのだから、出世の階梯を昇り始めたわけです。やがて彼は牧《ぼく》（州の行政長官）になって、朝廷に出入りするようになるが、ここで好敵手の曹操《そうそう》と対立する。

曹操は、献帝《けんてい》を後見して、賢人や勇将を集め、百万ともいわれる兵を養い、実質的に天子の地位を占めている。義を重んじる劉備は、臣下でありながら、帝位を脅かしている曹操が許せない。一度は彼を逆賊として討つクーデターに加担するものの、計画が発覚したものだから、慌てて逃れていく。

同じ漢王朝の血筋にある劉 表《りゅうひょう》のもとに身を寄せて将来のことを考えた。当時、劉備は四十代の後半。もう若くはない。しかし天下統一の望みは遠い。どうすればいいのか？

そんなときに一人の隠者・司馬徽《しばき》と巡り合う。

彼は、劉備に足りないものは人材だ、と見抜いて、伏龍《ふくりょう》、鳳雛《ほうすう》と呼ばれる人物のうち、一人でも手に入れることができれば、天下を取れる、と予言した。劉備は二人を探し回るが、見つからない。

ようやく部下の徐庶《じょしょ》の言葉から、そのうちの一人、伏龍の消息が分かった。この人物が諸葛亮です。司馬徽は彼を、八百年の周王朝を興した太公望《たいこうぼう》・呂 尚《りょしょう》、四百年の漢王朝を興した張 良《ちょうりょう》に匹敵する人物と評価した。

さっそく劉備は、関羽、張飛を伴って、諸葛亮の住みかを訪ねる。彼は、臥龍崗《がりょうこう》という丘にある林の中の、小さな草葺の家で、臥龍先生と称して隠棲していた。劉備は、なかなか諸葛亮に会えない。三度訪ねて、やっとまみえることができた。

ここで、諸葛亮から、魏の曹操、呉の孫権《そんけん》、蜀の劉備による、〈天下三分の計〉が明らかにされて、『演義』の物語は、いよいよ佳境に入っていく。

◇

〈三顧の礼〉のエピソードは、諸葛亮の登場を華々しく演出するための作劇術《ドラマツルギー》であると同時に、リーダーにとって必要な要件のいくつかを物語ってもいます。

第一に、勝ちへの執念です。

劉備という人物は、受動的な性格を持っている。待ちの人です。自分からは、なかなか動かない。物語の冒頭で、天下取りの旗揚げをするときも、実は、張飛に背中を押されて、その気になった。

劉備は、《暴徒を鎮圧するために、広く義勇兵を募る》という高札を見て、何かしたいが、自分には財力もないし、頼みとなる同志もいないし、どうすればいいのか、と溜め息をついていた。そこに現れた張飛が、多少の蓄えならあるから兵を挙げようではないか、と言葉をかけて、よし、やろう、と奮発したわけです。

その後も、何度か根拠地となる領土を持てる機会があっても、やはり自分からは動こうとしない。たとえば、劉表が重病になって、私の領土・荊州《けいしゅう》を譲りたい、といわれても、義に反する、と拒む。本当にこの人物は天下が取りたいのかと思わせるほどです。

しかしそういう劉備が唯一といっていいぐらい積極的に動いた。それが諸葛亮を軍師に迎えるときでした。普通、〈三顧の礼〉は、信義に篤い劉備の人柄を示すエピソードとばかり思われるけれども、そうではない。何よりも、天下取りレースにおける彼の執念を表している。

劉備が諸葛亮に会うまでの、三度の訪問を見てみましょう。

一度目は、下僕の少年がいるだけで、本人の姿はない。今朝早くに出かけて、行く先も、いつ戻るかも分からないという。劉備は待つつもりだったが、一度戻って様子を見よう、という関羽の意見に従って、伺ったことを伝えて欲しい、と伝言を託して帰る。

数日後、諸葛亮の様子を探ったところ、帰っていることが分かる。劉備はすぐ馬の支度をさせるが、張飛は、こちらへ呼べばいいじゃないかという。しかし劉備は、大賢人を呼びつけるわけにいかない、と聞かない。

季節は冬のさなか。降る雪をついて、馬を進める。張飛は、こんな季節には兵馬も動かさないのに、役に立つかどうか分からない者のためにここまでするのか、と不平をいう。

劉備の応えは、こうです。

「私の心、熱誠を伝えたいのだ」

臥龍崗の山荘にいたのは、弟の諸葛均《しょかつきん》だった。本人は友人と遊びに出かけて、いつ戻るか分からない。諸葛均は、日を改めて返礼に伺うというが、劉備は数日後もう一度伺うと筆、紙を借りて〝熱誠の証し〟として手紙を残す。

その中の一節――「私は何としても漢王朝を救いたいのです。天下の民を救いたいのです。しかし残念ながら天下平定の道に迷っております」。これはただの謙遜と見るべきではない。劉備は、自分に欠けているものをよく知っていた。そして天下取りの戦略を立ててくれるすぐれた参謀を、心の底から求めていたのです。

その後、三度目に諸葛亮を訪ねようとしたとき、関羽は、やり過ぎだと止めた。張飛は、自分が捕まえて連れて来るといった。ところが劉備は、二人を振り切るようにして出かけて行く。すると、ようやく諸葛亮は在宅していた。ここからが劉備の〝熱誠〟の仕上げです。

横山光輝『三国志』より　©光プロダクション／潮出版社

諸葛亮は昼寝の最中だった。劉備はそれを知ると、庭で拱手《こうしゅ》をして眼醒めるのを待つ。張飛は怒って、いったい何様だ、家に火をつける、と息巻く。まあ、まあ、と関羽が宥《なだ》める。劉備は、二人を門の外へ追いやって、さらに二時間ほど待った。そして遂に対面となります。

諸葛亮は、手紙を読んで将軍の国家や民衆を憂える心情は分かったけれども、自分はそれほどの器ではない、という。これは謙遜です。同時に、政治とは距離を置きたい気持ちの表れでもある。実は、諸葛亮は、かつて劉備に仕えた友人の徐庶から、軍師として推薦したといわれて、私を祭りの生贄《いけにえ》にするのか、と拒んだことがあった。

もちろん劉備は諦めない。

「先生がお出ましにならないと、天下の民は救われません」と涙を流しながら訴えた。諸葛亮もとうとう、

「分かりました。将軍のもとで粉骨砕身《ふんこつさいしん》いたします」と応えた。

このときに劉備はやがて五十歳。諸葛亮は二十七歳。劉備は親子ほども歳の離れた若者のもとへ、三度も通って頭を下げた。彼のいう〝熱誠〟は、天下取りへの執念です。なんとしても、曹操、孫権に負けたくない。そのためにすぐれた参謀が欲しい。この勝

ちへの強い執念が〈三顧の礼〉になって表れた。そして諸葛亮という稀有《けう》の人物の心を掴み、動かしたのです。

◇

〈三顧の礼〉に見られる、リーダーにとって必要な要件の第二は、ここ一番というときの人材の獲得法、そして人材の鑑定法です。

人材を得るための方法には、リクルートとスカウトの二種類がある。リクルートは、相手をこちらへ呼ぶ。スカウトは、こちらから相手を訪ねる。劉備は、諸葛亮を獲得するのにスカウトのやり方を取った。

彼の当面の敵だった曹操も、人材の獲得には熱心でした。しかしもっぱらリクルートです。劉備と曹操を比べてみると、曹操は、在京の有力球団のオーナーといえる。この球団は、財力もあるし、知名度も高い。人材がそろっていて、実力もある。黙っていても人は集まる。

しかし劉備は、貧しい地方球団のオーナーです。彼自身がそのことはよく分かっていた。こちらの熱意を示すしかなかった。そこでリクルートよりもスカウトによった。長年、プロ野球のスカウトを務めた人物は、こう語っています。

「スカウトの要諦は、各地の人脈から情報が集まってくる『耳』、フットワーク良く現地を歩く『足』、そして選手の技量を見抜く『眼』」

劉備は、徐庶や司馬徽などからの情報に耳を傾けて、何よりも足を使って諸葛亮を獲得した。では、三度も諸葛亮のもとへ通って、彼の眼は何を見ていたのか？

リクルートとスカウトで違うのは、相手の見え方です。リクルートは相手にとって、いわばアウェーでの試合です。自分を出すのが難しい。スカウトは相手にすればホームでの試合です。自然と自分が出る。こちらからすれば、相手のありのままに近い姿を見ることができる。

老練なプロ野球のスカウトは、選手の家を訪れると、まず家具を眺めたそうです。すると経済状態が分かる。さらに親兄弟と話して、生い立ちや家庭環境をつかめば、選手の性格も分かる。こうして相手を評価していく。

劉備は、臥龍崗を訪ねて、諸葛亮がすがすがしい風景の中の、質素な山荘で暮らしていることが分かった。また、本人とは会えなくても、友人や、弟、岳父と会って、彼がすぐれた人々に囲まれていることを知った。劉備の期待は高まった。

そして、ようやく諸葛亮と面談して〈天下三分の計〉を聞いたとき、彼が期待通りの人物だったことを確信した。

　ゲーテの箴言《しんげん》です。

「他人を識《し》ろうと思えば、先方に自分のほうへ来てもらっては駄目である。どういう人かを知るためには、自分のほうから先方へ出かけていかなければならない」（岩崎英二郎・関楠生訳）

　つまり、人材は相手のホームで鑑定せよ。

〈三顧の礼〉は、劉備の天下取りへの執念を示すと同時に、チームの核になる精鋭を獲得したいときの手法＝スカウティングの極意を実践したものだったといえるでしょう。

【水魚の交わり】

上司・部下の信頼を得る人心掌握術を学ぶ

〈三顧の礼〉で諸葛亮という人材を獲得した劉備は、本格的に天下取りへの行動を始めます。後漢の実質的な支配者を任じている曹操は快く思わない。彼は劉備と孫権をライバルと考えている。

曹操に仕える武将の夏侯惇《かこうとん》は、少しでも早く劉備を討つべきだと進言して、十万の軍勢を与えられます。この後に博望坡《はくぼうは》で行われた戦闘が諸葛亮の初陣です。

まず、戦闘の現場へ赴く前に、諸葛亮が劉備の陣営でどういう立場にあったかを見たい。劉備はすぐれた軍師を得たと手放しで喜んでいるが、関羽と張飛は違っていた。彼らは少なくとも諸葛亮より十歳以上は年長です。

しかもこれまで田舎に隠棲していた彼の軍師としての手腕は未知数。「奴にどれだけの能力があるんだ。そんなに大事にしなくても」と文句をいうのも分かる。

ところが劉備は、こう応えます。

「私が孔明を得たのは、魚が水を得たようなものだ」

この言葉は『諸葛亮伝』にあるもので、ここから親密なつきあいを〈水魚《すいぎょ》の交わり〉というようになりました。

生まれた日は違っても、死ぬ日は一緒だ、と固い契りをかわした関羽と張飛は面白くないけれども、そうまでいわれては引き下がるしかない。

そこへ夏侯惇が攻め込んできた。張飛は、諸葛亮にやらせればいい、奴の手並みを見ようではないかという。劉備は、戦略は諸葛亮に期待しているが、戦闘の現場では関羽と張飛が頼みなのだ、と諭す。

劉備から話を聞いた諸葛亮はどうしたか？　彼は外敵と戦う前に、内部の妬みや無理解と戦わなければならなかった。そのために劉備から、軍の総帥である証しの剣と印を借り受けて、全権を掌握する。

そのうえで関羽、張飛を始めとした武将に、実に詳細な指示を与えます。

「博望の左に豫山《よざん》という山がある。右には安林《あんりん》という林がある。どちらも兵馬を潜ませるのに適している。

雲長《うんちょう》（関羽）殿は、一千の軍勢と豫山に潜んで、敵が来ても交戦せずにやりすごせ。後ろから食糧や秣《まぐさ》などが運ばれて来るので、南から火があがったら、すぐ出撃して火をかけよ。

翼徳《よくとく》（張飛）殿は、一千の軍勢と安林に潜んで、南から火があがったら、すぐ出撃して博望城の食糧・秣の備蓄場に火をかけよ。

関平《かんぺい》と劉封《りゅうほう》は、五百の軍勢とともに、燃えやすい物を持って、博望坡の裏で二手に分かれて待機、初更《しょこう》（戌《いぬ》の刻＝午後八時）ころ敵が来たら火をかけよ」

つまり、諸葛亮の戦術は火攻めです。これを聞いた関羽が、軍師はどうするのか？　と質問し、県城を守るという答えに、張飛は、みなが戦っているあいだ家の中にこもっているとは結構なことだと嘲る。すると諸葛亮は、剣と印をかざして、毅然といった。

「命令が聞けなければ斬る」

このとき劉備は『史記』（司馬遷著）を引いてたしなめた。

「『籌《はかりごと》を帷幄《いあく》（本陣）の中《うち》に運《めぐ》らし、勝ちを千里の外に決す』だ。命令を聞け」

劉備の説得もあって、関羽、張飛を始めとする武将は出陣しますが、諸葛亮の采配を信じてはいなかった。

夏侯惇の大軍が攻め寄せて来たのは、秋の強い風が吹く季節。諸葛亮を侮っている彼は、計略に乗せられて、博望坡の奥まで引き込まれていく。気がついたときには、両側にびっしりと葦《あし》が茂った細い道を進んでいた。

そこへ火の手があがって、夏侯惇の軍勢は炎に包まれた。諸葛亮の智謀は、わずか三千あまりの手勢で、十万にもおよぶ敵軍を敗走させたのです。

◇

このエピソードから学ぶことのできるリーダーの条件の一つは、「籌を帷幄の中に運らし、勝ちを千里の外に決す」という『史記』の言葉に示されています。

いくら戦闘能力が高くても、ただ闇雲に拳を振り回しているだけでは勝てない。戦略、戦術が不可欠です。リーダーには、戦いを勝ち取るための、作戦の立案者《プランナー》としての能力がいる。

では、作戦を立案するためには何が必要か？　夏侯惇との戦闘に当たって、諸葛亮が自軍の武将に与えた指示を、もう一度よく見ていただきたい。彼は、戦闘が行われる場所の地形をよく知っている。加えて、敵の軍隊の配置までが頭に入っている。味方の戦力はもちろんです。

戦場の地形、敵軍の配置、味方の戦力、そして、火攻めに適した秋の強い風が吹く季節だったことを知っていた――これは言葉を変えると〝情報〟を持っていたということです。諸葛亮は、独りでこれだけの情報を集めていた。

戦いにおいて、正確な情報を持つことは、強力な武器を持つことに等しい。なんの情報もなく戦闘に臨むのは、丸腰で戦場へ立つようなもの。道をひとつ間違えることが敗北につながるのです。諸葛亮には、そのことがよく分かっていた。

そのうえ彼には、人間の心理を見抜く洞察力があった。夏侯惇は、百万の兵を養う曹操軍の将軍としての自負がある。弱小の劉備が獲得した若い軍師を侮っていた（恐らく諸葛亮はそれも計算のうえだった）。だから簡単に、諸葛亮の計略に乗せられた。

狭い場所で、火攻めを警戒しなければならないことは、当時の兵法の常識でした。惨めな敗れ方をした彼は、曹操のもとへ戻って、さすがに一軍の将らしく、自分の失敗を命で償おうとするが、寛大に許される。

曹操から、若いときから兵を動かしていたおまえらしくもない、といわれて、正直に、部下から進言されたときには、すでに間に合わなかった、と不明を詫びる。曹操は、進言した部下に褒賞を与えた。やはり彼もすぐれたリーダーの一人です。

夏侯惇の侮った諸葛亮は、智謀に長けた、実にしたたかな軍師でした。さまざまな情報を収集して、戦う相手の心理まで見抜き、緻密かつ大胆な作戦を立てる。この時点ですでに諸葛亮は、夏侯惇の大軍に勝っていた。

まさに「籌を帷幄の中に運らし、勝ちを千里の外に決す」です。

勝ち戦をするためには、まず、情報戦、頭脳戦を戦わなければならない。ここで勝てなければ、命のやりとりをする戦闘の現場で勝てるはずがない。逆にいうなら、ここで勝てば、最後の勝ちも手に入れられる。

大雑把な言い方をすれば、事に当たっては、周到な準備が九〇パーセント、現場での戦いが一〇パーセントぐらいのつもりでいたほうがいい。情報戦、頭脳戦の割合は、社会の情報化が進むほど高くなる。これからますます帷幄の中で勝ちを決する戦いが求められているのです。

◇

諸葛亮の初陣には、ほかにもいくつかの教訓が含まれています。まず、彼が作戦を指示したときの手法です。なかなか従わない武将たちに向かって、全権を掌握している証しの剣と印をかざして、命令を聞けなければ斬る、と言い放ったこと。

組織を動かすやり方には、トップダウンとボトムアップの二種類があります。組織の上から号令をかけるのがトップダウン。逆に下からの意見を積み上げていくのがボトムアップ。

このときの諸葛亮の手法は、トップダウンです。トップダウンは、組織の構成員の意識が高くなるほど、嫌われる傾向にある。人気があるのは、ボトムアップ型のリーダーのようです。

しかし実際は、いざというときにトップダウンのきく組織が、生きている組織です。人間の体を考えてください。眼に異物が近づけば、ほとんど意識せずに瞼が閉じる。反射神経が働くからです。脳が発した指示を、すぐ瞼を司る神経が受け入れて実行する。

同じように、リーダーの意志が、瞬時にして組織の隅々にまでゆきわたって反応する――トップダウンは、組織の反射神経を試すやり方といえる。これができない、あるいは反応速度が遅い組織は、死んでいるか、衰えているか、どちらかです。

諸葛亮の初陣は、劉備陣営の有事だった。ボトムアップをしている余裕はない。すぐ反応しなければ十万の大軍に蹂躙《じゅうりん》されてしまう。そこで、若い軍師はトップダウンを決意した。結果は、彼のやり方が正しかったことを証明しています。

ただし、忘れていけないのは、トップダウンは部下の信頼を得たリーダーに許された伝家の宝刀だということです。

まず、部下の信頼を得ていないリーダーがやっても、うまく機能しない。みな、従っているようで、本当は顔を背けている。諸葛亮も、初陣のときには、劉備という信望の篤いトップリーダーの補佐があって、ようやく成功した。

また、いくら部下の信頼を得たリーダーでも、トップダウンだけを繰り返せば、組織は硬直してしまう。指示を待つ者ばかりになって、人が育たないから、本当の意味での強い組織にはならない。

ボトムアップは、手間がかかるけれども、一人一人の意志を問うやり方なので、自然と人が育っていく。個人の力がつくので、組織の底上げがされる。ボトムアップにかかる手間は、生命力のある組織をつくるうえでのコストだと考えられる。

つまり、日常的なボトムアップの仕組みがあってこそ、有事のトップダウンが生きるのです。

教訓を、もう一つ。

関羽と張飛は、諸葛亮の初陣の結果を見て、これこそ本当の英傑だと認めた。そして戦場にやって来た小さな車に彼が乗っているのを見て、馬から飛び降りて地面にひれ伏した。

部下に信頼されるリーダーになるには、みずから指揮を執った戦いで、勝ち戦を体験させてあげることが重要です。部下に寄り添って、勝ちの結果を得させる。この人のもとで戦えば、必ず勝てる――部下のこの思いから深い信頼関係が生まれる。

山本五十六の箴言を引いておきましょう。

「やって見せ、言って聞かせて、させてみて、誉めてやらねば、人は動かじ」

初陣を勝ち戦で飾った諸葛亮は、このあと劉備の剣や印を借りなくても、組織を動かせるリーダーとして活躍することになります。

【関羽の千里行】

敵のなかにも優れた人材を求める度量の大きさを学ぶ

中国には〝曹操と諸葛亮〟という故事成語があるそうです。意味は〝人それぞれ〟。『演義』のなかでは、どちらも物語の中心をになうスターですが、諸葛亮を光とすれば、曹操は影。配置としては敵役で、読者のあいだでも、悪役扱いされている。しかし彼も立派なトップリーダーの一人で、学ぶべきところは多い。この章の主役は曹操です。

曹操の父・曹嵩《そうすう》は、有力な宦官の養子です。宦官というのは、後宮に仕えるため、去勢された男性のこと。いつのころからか、皇帝の側近として権力を持つようになった。『演義』の物語が進行する後漢の末、朝廷では、宦官を中心とする濁流派と、良心的な知識人を中心とした清流派が対立していた。

そういうところへ曹操が現れる。彼は二十歳のときに朝廷へ出仕すると、治安維持に尽力して名を挙げた。その後、頓丘《とんきゅう》県の令（県の行政長官）となるが、黄巾の乱が起きたので、兵を率いて討伐に出ます。任務を終えると、中央軍を統率する立場になった。

朝廷ではあいかわらず宦官たちの専横が続いている。霊帝《れいてい》の死後、次の帝を誰にするかの権力争いもあった。その隙をついて朝廷の実権を握ったのは、残忍な武将の董卓《とうたく》。彼は霊帝の後を継いだ少帝《しょうてい》を暗殺して、献帝を即位させた。

ところが漢王朝を憂える忠臣・王允《おういん》の計略で、董卓は頼みの猛将・呂布《りょふ》に裏切られて死ぬ。それでも朝廷では彼を補佐していた李傕《りかく》、郭汜《かくし》が権勢を振るった。献帝はこの賊を除くために曹操を呼び寄せて討たせた。曹操は献帝を後見しながら力を蓄えていく。

曹操は若いころから天下を動かす人物と見られていた。眼力に定評のある許劭《きょしょう》は〝治世の能臣、乱世の奸雄《かんゆう》〟と評している。『演義』では、奸雄振りが強調されている。

たとえば子供のころ。曹操の放蕩を見かねた叔父が父の曹嵩に忠告した。彼はどうしたか？　叔父の眼の前で意識を失って昏倒した振りをする。報せを聞いて驚いた父が駆けつけると、曹操は平然としている。

「倒れたと聞いたが、大丈夫なのか？」

「私が？　ああ、叔父さんですね。あの人は私のことが嫌いだから、そんな嘘をいうんです」

それいらい父は息子が放蕩していると忠告を受けても、叔父の意見は聞かなかった。これはまだ微笑ましい奸雄振りで、成長してからは陰惨です。

実は、曹操は献帝から呼び寄せられるまでに、董卓を討とうとしたことがあった。しかし失敗して、故郷の譙《しょう》県へ逃れる。その途次、父の義兄弟・呂伯奢《りょはくしゃ》を訪ねた。好人物の呂は曹操をかくまって酒を買いに出る。家族は不意の客のために豚を潰そうとする。

それを知らない曹操は、「(豚を）縛って殺すか？」という声を聞いて、罠に落ちたと思って一家八人を殺す。すぐ彼は自分の間違いに気づくが、酒をさげて帰って来た呂に出会うと、将来の禍根を断つために、その場で斬ったのです。

◇

曹操は百万といわれる兵を養う大将軍でした。冷酷非情なだけの人間には誰もついてこない。彼にはリーダーとしての資質が備わっていた。最大の長所は、多くの人材を集めて、能力のある者を重用したことです。

たとえば、曹操がまだ在野で力を蓄えていたころ、ふたたび黄巾賊が蜂起して人々を苦しめた。朝廷から鎮圧の命を受けた彼は、三カ月ほどのうちに三十万人以上の敵兵を捕虜にした。するとそのなかから精鋭を選んで、青州兵と命名して自分の兵にしてしまった。

このあと曹操は、本格的な人材の獲得に乗り出す。まず、身を寄せたのは、疑り深く、忠言を入れない、狭量な主君・袁紹《えんしょう》に愛想を尽かした荀彧《じゅんいく》。曹操は、この人物を「私の子房《しぼう》」と呼んで幕僚に加えた。子房は、前漢の高祖《こうそ》・劉邦《りゅうほう》に仕えた、高名な参謀・張良のことです。

さらに、天下の名士といわれた荀彧の甥・荀攸《じゅんゆう》。また荀彧の推薦で程昱《ていいく》。程昱の推薦で郭嘉《かくか》。郭嘉の推薦で劉曄《りゅうよう》と、ビリヤード方式で次々に人材を得ていった。『演義』には、〝渇するように人材を求める〟という言葉が出てくるが、まさに曹操がそうだった。

漢の丞相《じょうしょう》となって、権力を手にした彼が行ったのは、人材の公募です。彼の人材観もよく分かる文章なので、ちょっと見てみましょう。

求賢令

「古《いにしえ》より、天命を受けた天子、また王朝を中興した天子は、例外なく賢人君子の助けを得てともに天下を治めた。その賢者を見つけるには、上に立つ者が積極的に探し求めなければならない。偶然にめぐりあえるものではない。現在、天下なお定まらず、いまこそ賢者を求めるべきときなのだ。

廉潔の士でなければ用いられぬ、などと悠長なことを言っていたならば、はたしてかの斉の桓公《かんこう》（春秋五覇の一）は天下に覇をとなえられたろうか。いま天下に、褐衣《かつい》（そまつな着物）をまとい、玉を懐《いだ》いて渭水《いすい》のほとりに釣糸を垂れていた、あの太公望のごとき賢者がいないはずはない。

また嫂《あによめ》と密通したとか、不浄の金を受けとったと非難されながら、かの陳平《ちんぺい》（漢の高祖の賢臣）は魏無知《ぎむち》に推挙されて高祖に見いだされた、この陳平のように、才能をもちながら、認めてくれる人物にめぐりあえないでいる者がきっといるはずだ。

諸君、余を佐《たす》けて民間に隠れている人材を見いだせ。ただ才のみこれを挙げよ。余はこれを用いるであろう」（竹田晃訳・改行は引用者による）

行間からは熱烈に人材を求める曹操の心が伝わってくる。多少の欠点や罪科はあっても、それをしのぐ高い能力があるのなら、どんどん登用しよう、という心意気も伝わってくる。当時は清廉潔白な者でなければ人材とは認めない風潮があったので、これは画期的なことです。

実際、曹操軍の将軍を見てみると、彼の言葉が偽りでないと分かる。敵方の武将、平民、小役人、田舎の俠客《きょうかく》の親分、盗賊など、さまざまな社会的な身分や経歴を持つ人々が活躍している。

たとえば敵方の武将が投降してきたとき、計略かもしれないという意見に、「広い心で温かく迎えれば、もし逆心があったとしても、それを変えられるだろう」と受け入れた。

曹操にはそういう懐の深さがある。人物の本質を見抜く眼がある。適材を適所に配置していく人事のセンスがある。だから彼は大きな勢力を築くことができた。さらにいうなら、人材に向ける情愛も深かった。

寵愛していた武将・典韋《てんい》が壮絶な死を遂げたとき、祭壇に供物をそなえながら慟哭して、「長男と甥が死んだときにも、あまり悲しいとは思わなかった。だが、典韋の死は悲しくてならない」と述べています。

◇

曹操の人材を愛する姿勢が、もっとも端的にあらわれたのは、関羽に対してです。後見する献帝が謀反の計略を立てたことが分かって、曹操は関係者をことごとく処刑する。たまたま許都《きょと》（河南省許昌市東）にいなかった劉備たちは助かるが、曹操は彼らを討伐するための軍を進める。

劉備は、徐州《じょしゅう》の本城を配下にまかせて、自分と張飛は小沛《しょうはい》（江蘇省沛県）、関羽は下邳《かひ》（江蘇省邳県南）に、それぞれ陣取って、曹操を撃破することにした。ところが徐州の本城も小沛も陥落して、劉備と張飛はちりぢりに敗走した。下邳を攻めるとき、曹操は、こういった。

「雲長（関羽）の武技と人となりはすぐれている。この人物が欲しい。何としても帰順させたい」

そこで程昱が計略を立てた。曹操軍はまず関羽を禿山《はげやま》の上に追いつめて、彼の古い知己である張遼《ちょうりょう》を使者に立てた。しかし関羽は説得に応じない。死んでも戦いをやめないという。

張遼は、関羽が守っていた劉備の二人の夫人が無事に保護されていることを告げて、いまここで死ぬのは、生まれた日は違っても死ぬのは同日という劉備との誓いを破ること、二人の夫人を守る任務の放棄につながること、漢王朝の興隆という大望を果たせないこと、などを語って降伏を迫る。

悩んだ末に関羽は、三つの条件を出す。自分が降伏するのは漢王朝であって曹操ではないこと、二人の夫人を厚遇すること、劉備の居場所が分かったら立ち去ること。曹操は、これを呑んだ。それからというもの、本当の意味で関羽を手に入れるために心を砕いた。三日ごとに小さな宴会、五日に一度は大きな宴会を催してもてなす。さらに数々の贈り物――一軒の屋敷、十人の美女、錦の戦袍《ひたたれ》、髭《ひげ》を包む錦紗《きんさ》の袋、名馬といわれる赤兎馬《せきとば》。関羽がいちばん喜んだのは馬だった。その理由は、劉備がどこにいるか分かったら、すぐに会えるからです。

関羽は、どこまでも劉備とともにいるつもりだった。もし彼が死んでいたらどうするのか？　と訊かれると、自分も死ぬまでだ、と応えた。曹操は、「雲長こそが真の義人だ」と称えた。

その後、関羽は、曹操軍が袁紹軍と交戦したとき、敵の武将、顔良《がんりょう》、文醜《ぶんしゅう》の首級をとるなど獅子奮迅の活躍をして、曹操の厚遇に報いた。そして劉備が袁紹のもとに身を寄せていることが分かると、駆けつける決意を固める。曹操は彼の気持ちを変えられない。

「本当は君を手元に留めて置きたい。しかし私には人徳がないようだ」と錦の戦袍を餞別《せんべつ》

に差し出した。関羽は馬に乗ったまま贈り物を刀にひっかけて、

「では、いずれまた」と立ち去った。

通行手形をもらえなかった関羽は、五つの関所それぞれを守る武将を斬って逃げたが、曹操は咎《とが》めもしなかったし、追撃も禁じた。いくら猛将の関羽であっても、曹操軍が総力を挙げればひとたまりもなかったでしょう。しかし曹操は、あえて彼を見逃したのです。

この出来事がのちに曹操の命を救うことになります。〈赤壁《せきへき》の戦い〉のときのこと。諸葛亮を軍師とする劉備軍に敗れた曹操は、わずかな手勢を率いて撤退する。追いつめられた彼に立ちふさがったのは、五百の兵を率いた関羽。曹操は訴えた。

「君は五つの関所の武将を斬ったが、私は罪を問わなかった――」

すると関羽は、曹操から手厚く遇されたことを思い出して、見逃してしまった。

この逸話には、リーダーに必要な条件が含まれている。それは曹操が関羽を見逃したのが人材を惜しむためだったばかりではなく、一種の危機管理になっていたこと。彼は関羽を手中にして厚遇することで、結果として、敵のなかに味方をつくるという、至難の外交戦をやってのけた。

もっともこれは関羽のような信義を重んじる人物でなければ不可能なことですが、曹操

は彼の本質を見抜いていた。いってみれば、その眼力がみずからの命を救った。

広く人材を集めて登用することで権力の階梯をのぼりつめた曹操――『演義』の世界に現れる数多くの武将のなかでも、現代に通じる力とセンスを持った奥深いリーダーといえるでしょう。

【泣いて馬謖を斬る】

賞罰を明快にして組織のモラルを保つ原理を学ぶ

『演義』では敵対しあう諸葛亮と曹操。個性はまったく違いますが、リーダーという観点から見ると、共通することも少なくない。ちょっと具体例を挙げて、見てみましょう。

まず曹操。

一度は帰順した武将・張繡《ちょうしゅう》が、荆州の劉表と謀反を起こした。曹操は大軍を指揮して鎮圧に赴く。麦刈りの季節だったが、農民たちは兵士を恐ろしがって、姿が見えると刈り入れもせずに逃げる。曹操は使者を出して、村の長老や地方の役人に伝えた。

「我々は天子の命により、罪人を成敗しようとしている。麦刈りの季節に出兵することになったが、畑を通るときに、もし踏み荒らすようなことがあれば、誰であれ斬首する。みな安心せよ」

　農民たちはこの言葉を聞いて、ほっとして喜んだ。遠くに兵士たちが見えると、道に膝をついて手を合わせた。確かに軍隊は畑を通るとき、馬から下りて、大切に麦をかきわけながら、規律正しく進む。

　曹操は馬から下りずに通ろうとした。するといきなり畑から鳩が飛び立った。驚いた馬は畑へ逃げて、麦を踏み荒らした。曹操はどうしたか？　部下を呼んでみずからの罪に罰を与えようとした。

「丞相を罰することなどできません」と側近がいった。

「法を定めたのは、この私だ」と曹操はいった。「将軍が法を犯して、兵を従わせることはできない」

　曹操は剣を抜いて死のうとした。ほかの側近が止めた。

「『春秋』（四書五経の一つ）によれば、尊貴な方には罰を与えないのです。丞相は剣をお納めください」

　曹操は考え込んでから、

「それが古来からの慣例であれば、死罪には問わない。その代わりに、こうする」と髪を切り落とした。そして伝令を呼んで、兵士たちに伝えさせた。

「丞相は畑を荒らして法を犯した。これは斬首にあたいする罪である。しかし大軍を率いる身なので、この通り髪を切った」

兵士たちは伝令が振りかざす髪を見て胆《きも》を冷した。誰も軍法にそむかなかった。

また、こんなこともあった。あるとき夏侯惇の指揮する青州兵（元黄巾賊）が村を荒らし回った。これを知った于禁《うきん》は、兵を出して鎮圧し、領民の信頼を取り戻した。青州兵はおもしろくない。戦場から帰還した曹操に讒訴《ざんそ》する。

「于禁が反乱を起こしました！」

青州兵を組織したのは曹操です。現場にいなかった彼は、偽りの報告を信じてしまった。

「于禁を討て！」

于禁は部下から、弁明しようといわれるが、折から反乱軍が迫っているので、陣営を敷いて撃破した。戦いが終わって、曹操に詰問《きつもん》される。

「どうして報告をしなかった？　なぜ、勝手に陣営を敷いたのだ？」

于禁は、青州兵の傍若無人なふるまい、反乱軍が迫っていたことなどを説明して、とっさの判断で陣営を敷いたと応えた。すると曹操は、

「おまえはこのうえない名将だ。よくやった」と褒美を与えた。そして青州兵を監督できなかった夏侯惇を罰した。

◇

次は諸葛亮です。

劉備の死後、諸葛亮は宿敵・魏を討とうとする。いわゆる北伐です。重要な軍事拠点・街亭《がいてい》を誰に守らせるか？　思案していたら、馬謖《ばしょく》が名乗り出た。

「私はかねてから兵書を学んで、兵法には通じております。どうかお任せください」

敵の大将は、勇猛でしたたかな司馬懿《しばい》。しかも兵は二十万。諸葛亮はいった。

「おまえでは危ない。街亭を奪われれば北伐は失敗する」

すると馬謖は、もし敗れたら一族を処刑してください、と誓約書を書いた。そこまでいうのならと、諸葛亮は二万五千の兵を与えて、念のために、慎重な性格の王平《おうへい》を副将とするなど、さまざま配慮した。

馬謖が街亭に着くと、山が一つあるだけで、あとは林ばかり。こんな山奥には魏軍も来ないだろうと思った。王平は、敵の進軍を防ぐための態勢を取ったほうがいいと進言する。しかし馬謖は、これは〝天の賜った要害〟だから、山の頂に陣を置けばいい、という。

王平は諫める。山の頂に陣を置くと、敵に囲まれる可能性がある。さらに飲料水を確保する道を断たれたらどうなるか？　これは〝天の賜った要害〟どころか、逃げ場のない地形だ。

馬謖は笑う。兵法には、高い場所にいる者が有利、兵は死地に臨むと百倍の力を出す、とある。魏兵が来たら全滅だ。馬謖には才に溺れる傾きと驕りがあった。

「丞相（諸葛亮）でさえ何事も私の意見を訊かれる。おまえのような者がなぜ口を出すのか」

意見が聞き入れられないと分かった王平は、兵士を与えて欲しいと頼んで、山から離れたところに潜んだ。そこへ司馬懿が攻めて来た。魏の大軍は山間を埋める。蜀の兵士は臆病になって山から下りようとしない。王平の手勢も包囲網を突破することができない。

焦った馬謖は、見せしめに二人の武将を斬る。兵士は脅えて突撃するものの、魏軍はまったく動かない。馬謖は山上で救援を待つことにした。しかし飲料水を確保するための道を断たれ、火をかけられ、山を下りて敗走する。諸葛亮の企ては失敗に終わった。

諸葛亮は敗戦処理にとりかかる。老将・趙雲《ちょううん》は、まったく兵と武器を失わずに撤退した。諸葛亮は報奨として、彼に黄金を、兵に絹を贈ろうとした。しかし趙雲は受け取らない。

「我々は勲功をあげられませんでした。このような物を頂戴すれば、賞罰が明らかでないことになります」

諸葛亮は、その徳義の篤さに感嘆する。そして馬謖を呼んだ。みずからを縛った彼は、諸葛亮にひざまずく。

「なぜ、王平の諫言《かんげん》を入れなかったのだ？　おまえはこの作戦を失敗させた。このまま軍法を正さなければ、兵士を従わせることはできない」

馬謖は黙っている。諸葛亮は続けた。

「心配するな、家族の面倒は見る。おまえは、私の兄弟のようなものだ」

諸葛亮は馬謖の才を愛していた。馬謖もそれを分かっている。二人は互いに涙を流す。まさに処刑が行われようとしているところへ幕僚の蔣琬《しょうえん》が現れる。

「丞相、まだ道はなかばです。これだけの才がある者を失っては天下の損失です」

「規律は保たれなければならない。どうしても馬謖は斬る」

諸葛亮は流れる涙を止めようもなかった。これがいわゆる〈泣いて馬謖を斬る〉の名場面です。

◇

泣いて馬謖を斬る

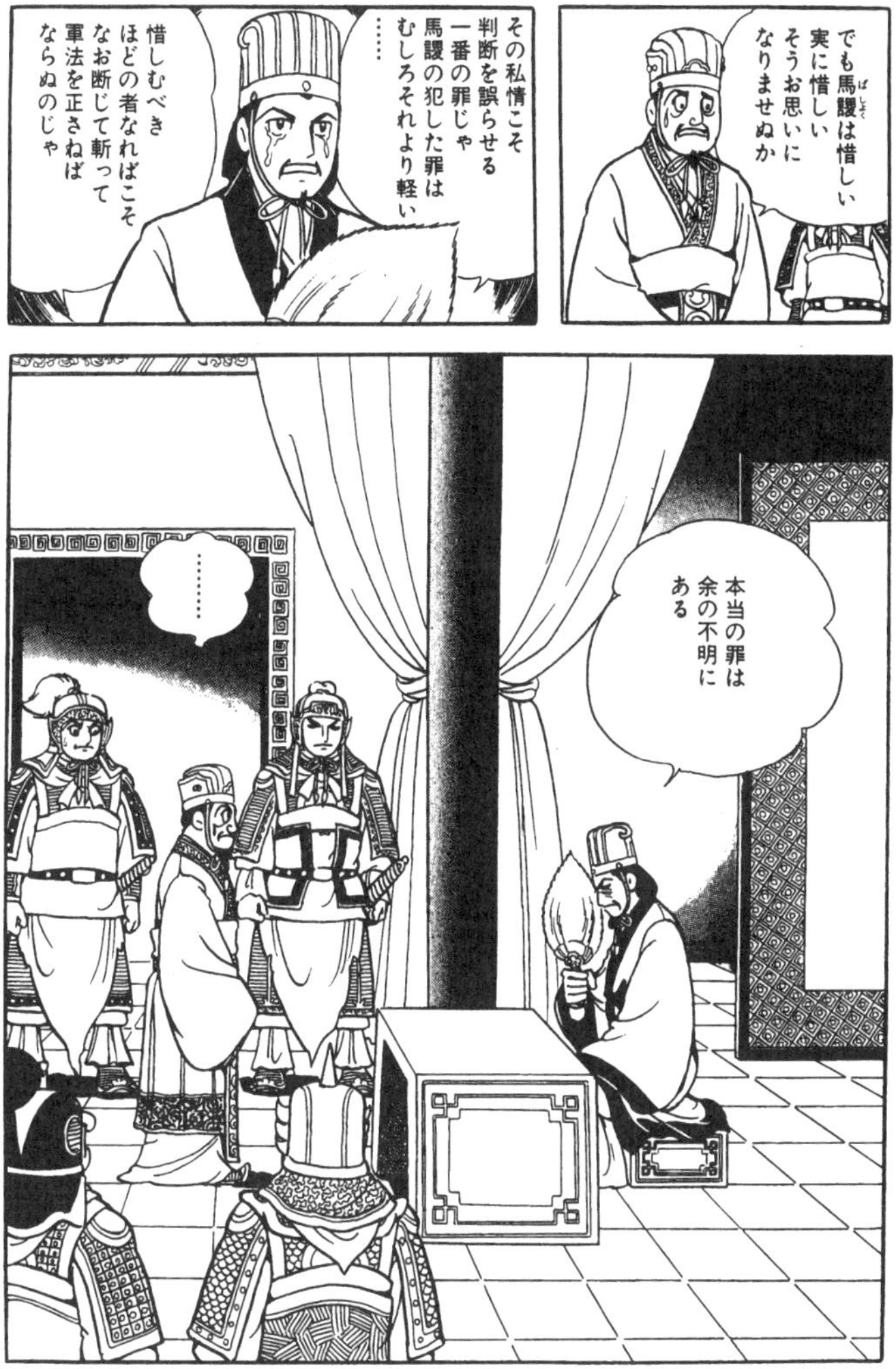
でも馬謖《ばしょく》は惜しい
実に惜しい
そうお思いに
なりませぬか
その私情こそ
判断を誤らせる
一番の罪じゃ
馬謖の犯した罪は
むしろそれより軽い
……
惜しむべき
ほどの者なればこそ
なお断じて斬って
軍法を正さねば
ならぬのじゃ
本当の罪は
余の不明に
ある
……

横山光輝『三国志』より　©光プロダクション／潮出版社

さて、ちょっとここで寄り道をします。『演義』が書かれてから、ほぼ六百年後に、中国から遠く離れたフランスで、一人の作家が、曹操と諸葛亮の逸話を凝縮したような場面を描きました。フランス革命を主題にしたヴィクトル・ユゴーの名作『九十三年』です。反革命の側に立つラントナック侯爵の乗った軍艦の甲板で、巨大な大砲を固定してあった鎖が切れるという事件が起きた。原因は砲手長の過失です。鎖をつないでおくナットを充分に締めておらず、大砲の四つの車輪をしっかり留めておかなかった。

大砲は甲板を荒れ狂い、動きを制しようとする砲手の群れに突っ込んで、五人を犠牲にした。壁を破って、ほかの大砲も次々に壊していく。艦長の命令で、藁のマットレス、ハンモック、予備の帆布《はんぷ》、ロープ、雑嚢《ざつのう》（肩にかける布製のカバン）などあらゆる物が甲板へ投げ込まれる。しかし効果はない。

とうとう軍艦は浸水した。そこへ手に鉄棒を持った砲手長が踊り出る。生き物のように暴れる大砲と悪戦苦闘の末に、鉄棒を車輪のあいだに投げ込んで止め、横倒しにした。艦長がラントナックにいう。

「この男の勇敢さに報いてやるべきではないでしょうか？」

砲手長は、興奮した面持ちで立っている。ラントナックは、艦長の胸にあったサン＝ルイ勲章を取って、砲手長の胸に移した。まわりで様子を見ていた兵士たちが、手を叩き、歓びの声をあげた。

次にラントナックがなんといったか？　彼は勲章や同僚の賞賛でぼーっとしている砲手長を見つめていった。

「銃殺にしろ！」

誰もが息を呑んだ。甲板から物音が消えた。

「この男の犯した過ちは一つだ。しかしそれが我々の艦を沈没の危機に陥らせた。この過ちは決して小さくない。確かに勇敢な行為は顕彰すべきだ。しかし砲手長としての責任を怠った罪は命をもって償わなければならない！」

砲手長は処刑のあと、海へ埋葬された。ラントナックはメインマストにもたれて、静かに腕を組み、考えごとをしていた。それを見て艦長がいう。

「ようやくヴァンデ軍（反革命勢力）に指揮官ができた」

ユゴーが『三国志』を読んで〈泣いて馬謖を斬る〉の場面を知っていたかどうか、それは分かりません。しかし彼の描いたこの場面は、見事に三国志の名場面と呼応している。なぜか？　どちらもリーダーにとっての要件を描いているからです。

◇

曹操と諸葛亮の共通点。そしてユゴーの『九十三年』の場面を貫くもの。それはもう読者もお気づきの通り、賞罰を明らかにすることです。勲功をあげた勇士は最大限に顕彰する。逆に罪を犯した者には厳しい罰を与える。これはリーダーが組織を運営するうえで、留意をしなければならない重要なポイントなのです。

賞罰を明らかにすることで、組織のなかにどのようなことが起きるのか？　善いことをすれば褒められる。悪いことをすれば罰せられる。人々はそれを見ているうちに、なにが「善」で、なにが「悪」であるかを知る。善悪のセンスを身につける。

言葉を換えていえば、組織にモラルが生まれる。どのような組織でも人が行動するときの規範が必要です。それがここでいうモラルです。リーダーにとって賞罰を明らかにすることが重要なのは、人々に行動の規範を示すことになるからです。

ということは、なにを顕彰して、なにを罰するのか、リーダーの器量が問われることはいうまでもない。賞罰を明らかにするためには、リーダー自身がはっきりとした善悪の基準を持っていなければならないのです。

善悪の定義は難しいですが、ここでは、人間の成長につながることを善、堕落につなががることを悪としておきます。

いまの日本の社会を見ると、本当に賞罰が明らかになっているのか？　と首をかしげたくなることが多い。あくどいことをしても罰せられない悪人がいるかと思えば、世の中のためになるようなことをしても顕彰されない善人がいる。

真のリーダーは、自分が関わっている組織のことだけでなく、そういう社会全体のことを勘案して、賞罰を明らかにするべきでしょう。広く世界を見渡せる大きな視野と、ここから世界を変革していくのだという気概こそ、リーダーに求められる要件でもあります。

まずは身近な家庭、職場、地域で、その場所に立つリーダーが、きちんとした善悪の基準を持って、賞罰を明らかにしていく――それだけでわたしたちの世界は大きく変わっていくでしょう。

【連環の計】

横暴な権力者を反面教師にリーダーとしての在り方を学ぶ

『演義』には、じつにさまざまな人物が登場します。諸葛亮、曹操などのスターがいるかと思えば、わずかなあいだ物語世界を彩って消えていく、バイプレーヤーがいる。

たとえば董卓です。彼は小物の悪役です。『演義』の全体をになうような器量はない。しかし短い期間ではあったが、漢王朝の実権を握った。転落も早く、悲劇的な最期を遂げた。その生涯は、反面教師として、逆説的にリーダーの在り方を教えている。

董卓の活躍を、彼に従ったもう一人のバイプレーヤー・呂布の行動とともに、時間軸に沿って見ていきましょう。

◇

董卓は、黄巾の乱で『演義』の主人公たち、劉備、関羽、張飛と接触している。黄巾賊の首魁・張角《ちょうかく》との戦いに敗れて、彼らに救われるのです。しかし三人が官職についていないことを知ると、礼もいわない。短気な張飛は、斬ってしまおうと激怒した。

ここには、すでに董卓の拙《つたな》さが表れている。人を敬うことができない。リーダーとしては失格です。

結局、董卓は黄巾の乱で手柄を立てることができず、本当なら朝廷から罰せられるところ、権勢を誇っていた宦官たちに賄賂を握らせて免れる。そればかりか重臣に媚びて、二十万の軍勢を率いる高位を手に入れ、身を起こす機会を窺っていた。

そこへ少帝の叔父・何進《かしん》が、朝廷から宦官を追い払うために、董卓を呼び寄せた。彼はすぐ宮中へ乗り込まない。都の近くに軍を駐屯させて、大勢が決するのを静観する。計略を察した宦官たちは、先手を打って何進を殺した。

何進の配下は宦官たちを殺した。宦官のなかでも、十常侍《じゅうじょうじ》と呼ばれる重鎮のうち、張《ちょう》譲《じょう》と段珪《だんけい》は、少帝と弟の陳留王《ちんりゅうおう》を伴って逃げるが、もう頽勢《たいせい》は挽回できない。やがて少帝は都へ戻って来る。

このときになってようやく董卓は姿を現す。大義名分は天子の保護。もちろん本当の目的は違う。彼がやろうとしたのは、朝廷の混乱に乗じた恐怖政治です。駐屯させていた大軍の兵士を我が物顔で市中に出入りさせて、人心を脅かした。

そうしておいて、董卓は宮中の高官たちを宴会に招待して、野心をあらわにする。少帝を廃して、幼い陳留王を立てたいと述べる。つまり、武力を背景にしたキングメーカーになって、いっきに権力を掌握しようとした。董卓らしい、いかにも粗暴なやり方でした。

重臣たちは、大軍を恐れて反対もできない。しかし反骨の士がいないわけではなかった。

「そんなことが許されるものか。董卓よ、おまえの目的は簒奪《さんだつ》だろう」と叫んだ人物がいた。并州刺史《へいしゅうしし》（州の行政長官）の丁原《ていげん》です。

董卓は逆上して剣を抜く。

「それだけのことを言うのだから覚悟は決まっているのだろう。死にたければ、望み通りにしてやる」

ところが丁原の背後には、勇猛な武将・呂布が臨戦態勢でひかえている。この場は、董卓の側近・李儒《りじゅ》がうまく収めた。

翌日になって丁原は軍を率いて戦いを挑んできた。

「なぜ、過失のない少帝を廃して、世を乱そうとするのか？」

理屈は丁原の味方です。董卓はすでに道義的に敗れている。実戦でも丁原の養子・呂布の敵闘で董卓軍は敗れる。

董卓は諦めない。呂布の獲得に乗り出す。自分にやらせてくれ、と手を挙げたのは呂布と同郷の李粛《りしゅく》です。

「彼は勇猛ですが、戦略を持ちません。義よりも利を重んじます。私が説得します」

董卓はいわれるまま、一日に千里を駆ける名馬・赤兎、黄金千両、玉帯一本などの贈り物を用意する。

「『良禽《りょうきん》は枝を択《えら》んで棲《す》み、賢臣は主を択んで事《つか》える』だ。好機は二度と来ないぞ」

呂布は、李粛の殺し文句と持参した宝物に心を動かされる。そして、その夜のうちに養父を殺してしまう。

丁原が死んだ。呂布を養子にした。もう何も恐れるものはない。董卓は唯一、反対した胆力のある大臣を斬ると、少帝を廃して、陳留王を即位させ、献帝とする。わずか九歳の少年王の御世が始まる。

これは董卓の天下の始まりでもあった。彼は宰相となった。やがて少帝に言いがかりをつけて、母の何太后《かたいこう》とともに殺してしまった。たがのはずれた董卓は、夜ごと宮女たちを犯して、皇帝の寝所に身を横たえた。朝廷の私物化です。おおやけのものを、わたくしする——これはリーダーがやってはいけないことの最たるものです。

◇

董卓の専横に、宮廷の大臣たちは手を拱《こまね》いているだけ。まだ若い曹操が暗殺をくわだてるが、果たせずに逃走する。しかしさすがのちに天下を三分する人物だけあって、みずから挙兵して、各地の諸侯に決起を呼びかけ、反・董卓軍をつくる。ここに劉備、関羽、張飛も合流する。盟主は袁紹。

董卓も二十万の軍勢を率いて迎え撃つ。先陣を切るのは呂布。関羽、張飛が挑み、さすがの呂布もじりじりと退却する。巻き返しを図ろうとする董卓に、側近の李儒が進言したのは遷都だった。天子を洛陽《らくよう》から長安《ちょうあん》へ移すというのです。

いま遷都をすれば民心が動揺する、と諫める声に董卓はいう。

「わしは天下のために行動する。民など関係ない」

そして反対する者の位階を奪って、斬りました。

董卓は、天下が民衆に支えられていることが分からない。傍若無人なところのある曹操でさえ、民衆の支持がなければ立ち行かないことを知っていた。この董卓の国家観、民衆観は、リーダーとしての致命的な欠陥を表しています。彼は人の上に立てる器ではなかった。

李儒はさらに進言します。我々は兵糧も資金も乏しい。洛陽には多くの資産家がいるから財産を没収しよう。袁紹たちの係累を皆殺しにして財産を奪えば、巨万の富を得られることは間違いない。

このような進言をするほうも悪いが、取り上げるほうはもっと悪い。略奪をはたらく悪党を、誰もリーダーとは思わない。董卓には、いいブレーンがいなかった。これも、彼の政権が短命だった理由の一つでしょう。

董卓は、洛陽の資産家をことごとく捕らえて、「反臣逆党」と大書した旗をつけ、惨殺して財産を奪った。さらに洛陽に火をかけて、皇帝陵などから宝物を奪った。墓荒らしです。そして金銀・宝玉などの宝物を数千台の車に載せて出発した。

数百万の洛陽の住民は、強制的に長安へ移住させられる。軍隊とともに動いたので、多くの人々が谷や川へ転落して死んだ。兵士は娘や人妻を犯して食糧を奪い、行軍の列に遅れる者は殺した。

長安に到着してからの董卓は、さらにやりたい放題ですが、なかでも一番よくないのは、一族をみな列侯にしたことでしょう。リーダーの陥ってはいけない罠が、ここにあります。一族主義です。

リーダーの要件の一つは、公平さである。一族であろうとなかろうと、能力のある者を重んじる姿勢がなければ、民心は離れてしまう。

この点、たとえば劉備は、配下の武将が身を捨てて主君の後継ぎを守ったとき、その赤ん坊を投げ捨てて、

「おまえのお陰で、私は大切な武将を失うところだった」と叱る。武将が感激して、これまでにも増して忠誠を誓ったのは、いうまでもありません。

さらに董卓は、悪い権力者にありがちな罠に陥る。普請道楽です。彼は二十五万人もの人を動員して豪奢な城・郿塢《びう》を築いた。長安城と同じ城壁に囲まれたこの城に、市中から連れて来た八百人の美女を囲い、二十年分の食糧と、無数の黄金・真珠・絹などを蓄えた。董卓の一族は、みなここに住んだ。

◇

董卓が長安城に赴くのは半月か一カ月に一度。郿塢へ戻るときには、長安城の門まで見送りに来る重臣たちと、わざわざ道に幕を張って席を設け、宴会を催す。ある日、その席

にいた一人が呂布に引きずられていなくなる。

やがて侍従が盆を持って現れた。そこにはさっきの人物の首が載っていた。董卓は笑った。

「驚かなくてもいい。こいつはわしを殺そうとした。諸君には関係ない」

重臣たちは、おののきながら城に戻った。

献帝の忠臣・王允は、好色な董卓の弱点を利用して一計を案じる。〈連環《れんかん》の計〉です。工作員は、娘のように可愛がっている屋敷の歌妓・貂蟬《ちょうせん》。彼は、こう言い含める。まず、呂布を誘って、おまえと娶《めあわ》せると約束する。その後、おまえを董卓にやる。あの父子を対立させて、呂布が董卓を殺すように仕向けよ。漢王朝の命運は、おまえにかかっている。

計略はうまく運ぶ。董卓は貂蟬を側室にして、色香に溺れる。彼女のことが忘れられない呂布は、養父の寝室へ赴き、貂蟬を見かけて熱い眼差しを投げかけ、気づいた董卓に追い出される。

貂蟬は呂布を呼び出して挑発する。

「あの老いぼれが怖いですか？　早く私を救い出してください」

事情を知らない董卓は、二人の親しそうな姿を見て激怒し、呂布を殺そうとする。危うく逃れた呂布から話を聞いた李儒は、貂蟬を呂布に与えるよう進言し、董卓もいったんその気になるが、貂蟬に泣かれて気持ちを翻す。女に惑わされるな、と李儒が諫めても聞かない。これ以上、貂蟬のことを言うなら斬る、という。

呂布の嫉妬は頂点に達する。李粛を使者に立てて、董卓を朝廷に呼び出す。

「天子は太師《たいし》（董卓）に帝位をお譲りになるつもりです。朝廷へおいでください」

城を出るとき、董卓は母に行き先を訊かれて応える。

「皇帝の位を受けに。母上は皇太后です」

これが董卓の絶頂――実は奈落への入口でした。宮中に入ると、手に剣を持った王允に出迎えられ、異変を察して、

「息子はどこだ！」と呼ぶと、信頼していたはずの呂布が、

「天子の命によって逆賊を討つ！」と戟《ほこ》で喉を突いた。李粛が首を切った。その途端、董卓軍の兵士も朝廷の高官も万歳を叫んだ。

李儒は使用人の手で縛り上げられて斬首された。董卓の死体は市中に放置されて、人々に殴られ、蹴られ、さんざんに仕返しを受けた。一族は皆殺し。資産は没収。恐怖政治を行った独裁者の末路は哀れです。

その後、呂布は貂蟬を側室にしたが、やがて曹操と対立したとき、配下に裏切られて捕らわれ、命を落とした。

「妻など女の意見ばかりを聞いて、部下の進言はまったく取り上げなかった」というのが配下の言い分です。丁原と董卓――二人の養父を裏切った男は、裏切りによって滅んだ。

董卓の軌跡を見ると、彼は滅びるべくして滅んだといえる。呂布も同じ。二人に共通する根本的な過ちは、民衆を手段にしたことです。リーダーにとって、民衆は目的です。民衆に尽くすために、リーダーは存在します。この本末の転倒に思い至らなかったことこそが、彼らの滅んだ原因でした。

【桃園結義】

本物の団結の絆をつくりだす
大義と誓いの力を学ぶ

『演義』には、いくつかよく知られているエピソードがあります。すでに取り上げた〈三顧の礼〉と並んで名高いのは、いわゆる〈桃園結義〉です。どのような話なのか、ちょっと物語を覗いてみましょう。

後漢の末、大陸を暴れ回っていた黄巾賊を討伐するための義勇兵が広く募られた。ここ、涿《たく》県では、義勇兵募集という高札を見て、溜め息をついている人物がいた。

身の丈七尺五寸、肩まで垂れた大きな耳、膝まで届く長い手、顔は白く、唇は紅い。二十八歳の劉備です。

劉備は、漢王朝の血筋を引いているのに、祖先がしくじって低い身分に落とされたものだから不遇をかこっていた。早くに父を失って、草鞋や筵を売って生活の資を得る貧乏暮らし。しかし子供のころから大きな志があって、

「いつか皇帝になる」といっていた。

さて、義勇兵を募るという高札を見て、溜め息をついた劉備に、後ろから声をかけた人物がいる。

「男のくせして、国のために働こうともせず、どうして溜め息なんかつくんだ？」

身の丈八尺、彪《ひょう》のような頭、かっと見開いた眼、虎鬚《とらひげ》を生やし、すさまじい勢いがある。劉備が名を尋ねると、

「姓は張、名は飛。友人は天下の豪傑ばかりだ。なぜ、この高札を見て溜め息をついたんだ？」

劉備は自分が漢王朝につらなる家系であることを告げて、

「黄巾賊を討伐して、人民救済に立ち上がりたいのですが、いまの私には力が及びません。溜め息も出ますよ」

「そうか。資金なら少しばかりあるぞ。兵を集めて、旗揚げしないか？」

二人は意気投合して、村の居酒屋で酒盛りを始めた。そこへ堂々たる風采の人物が現れ

た。身の丈九尺、長い顎鬚《あごひげ》、熟した棗《なつめ》のように赤黒い顔、鳳凰のような眼。

「酒だ。早く持って来いよ。これから義勇兵になるんだ」

劉備は自分の席に彼を呼んだ。

「姓は関、名は羽。傍若無人な豪族を成敗して、あちこちを放浪するようになって五、六年になります。この土地で義勇兵を募っているというので、参加しようと思ったんです」

「我々はこれから旗揚げするんです」と劉備はいった。「一緒にどうですか？」

「望むところです！」

彼らは張飛の家で、これからの計画を立てた。張飛がいった。

「この裏に桃園がある。いまが花の盛りだ。そこで義兄弟の契りを結ぼうじゃないか」

次の日。桃園には、黒牛、白馬、紙銭などの供物がそなえられ、香が焚《た》かれた。三人の誓いの言葉。

「我々は、姓は違うけれども、兄弟となったからには、心を一つに力を合わせ、上は国に報い、下は民を安らかにしたい。同年同月同日に生まれなかったことは仕方ないが、同年同月同日に死にたいと願う。皇天后土の神々も照覧あれ。義に背いて恩を忘れることがあれば、天誅《てんちゅう》を受けるだろう」

そして玄徳が長兄、関羽が次兄、張飛が弟になった。このあと牛を潰して酒盛りの準備をし、村に声をかけたら三百人を超える勇ましい男たちが集まったので、みなで旗揚げを祝ってしたたか酔っ払った。

〈桃園結義〉は小説的なフィクションで、史実ではありません。しかし劉備、関羽、張飛が、生涯にわたって強い信頼関係を保ち続けたのは本当です。このあと彼らは本格的な天下取りレースに乗り出していくわけですが、『演義』がその冒頭に〈桃園結義〉を描いたのは象徴的といえる。

世は乱世です。昨日までの味方が敵になることは珍しくない。そのなかで勝ち抜いていくための要件の一つは、信頼の置ける人間関係の束――つまりは団結です。命のやりとりが日常の戦国時代を生きる戦人にとって、団結はただ仲がいいというだけではなく、生き死にの問題だった。

〝心を一つに力を合わせ〟なければ、戦いに勝つことはおろか、生き延びることも難しい。実際、いたるところに分断の罠があった。

◇

朝廷を私物化した董卓は、養子の呂布と、一人の女性をめぐって仲違いし、滅びていった。その後、小董卓ともいうべき悪党・李傕、郭汜が現れたが、これも献帝の側近に〈離間（仲違い）の計〉を用いられて分断され、曹操に追い払われた。

悪党同士の、利害が一致した時の団結は侮れない。特に権力を接着剤にした結びつきは強力です。しかし悪党同士の団結は、つねに相手への疑いを抱いているから、きっかけがあればすぐに壊れてしまう。本当の団結は、互いを信頼することから生まれるのです。

さて、曹操は権力を掌握して、宮廷にも大きな影響力を持つようになった。そうなると気になるのは劉備のこと。彼はこのころ徐州の陶謙《とうけん》に見込まれて、当地を治めていた。そこへ董卓と別れてから流浪を続けていた呂布が身を寄せた。

「劉備と呂布が結んで攻めてきたら厄介だ。いい策はないか？」曹操が訊いた。

「あります。〈二虎競食《にこきょうしょく》の計〉です」荀彧が応えた。

劉備は徐州を治めているが、まだ帝の許可を得たわけではない。そこで詔《みことのり》を願って彼を正式に牧《ぼく》とし、密書を送って呂布を始末させる。計略が成功すれば、劉備を支える猛将がいなくなる。失敗すれば、呂布が劉備を殺すだろう。

劉備のもとに朝廷からの使者がきた。正式に牧となって、密書を受け取る。さて、呂布をどうしたものか？

「呂布は平気で人の道に外れたことをする」と張飛はいった。「ここで始末するべきだ」

「いや、困窮して私を頼ってきた者を殺《あや》めることはできない」劉備はいった。

翌日、何も知らない呂布は祝いに来た。密書を見せられて、涙を流しながら、

「曹操は我々を分断しようとしています」

「大丈夫です。私は信義を重んじます」

呂布が何度も礼をいって去ったあと、関羽と張飛がいった。

「兄上、なぜ、呂布を始末しなかったのか？」

「分からないか？　曹操は、私と呂布が団結するのを恐れてる。漁夫の利を得ようとしてるんだよ」

劉備は曹操に、計画は慎重に進める、と密書への返事を出す。義絶——義の極みと称えられる劉備ですが、昨日の味方が、今日は敵になっている乱世では、義を行動の原理として、できるだけ敵をつくらないことも、危機管理の一つだったのです。

◇

奸計を見破って分断の罠を逃れた劉備に、このあと危機が訪れます。〈二虎競食の計〉が失敗したことを知った曹操は、次の一手を打つ。帝の詔と偽って、袁術《えんじゅつ》を討て、と命

じた。

計略であっても、天子の意向に背くことはできない。劉備は進軍を決意するが、問題は徐州の城の守り。誰に任せればいいのか？

「私が守ります」関羽がいった。劉備は、

「おまえには、私の参謀を務めてもらいたい」

「じゃあ、俺がやる」張飛がいった。

「だめだ」劉備はいった。「おまえは、酔うと兵を鞭で打つ。それに軽率で、人の話を聞かない」

「酒は飲まない。兵士も鞭打たない」不服そうに張飛はいった。「ちゃんと人の話も聞く」

劉備は張飛の補佐を置いて進軍した。しばらくして張飛は我慢できずに酒を飲んで、呂布の舅《しゅうと》・曹豹《そうひょう》を鞭打つ。

その夜、怒りのおさまらない曹豹は、徐州から四、五十里の小沛に駐屯していた呂布へ使者を送る——劉備と関羽は、袁術を討つために進軍した。張飛は酔って使い物にならない。いまこそ徐州を手に入れるときだ。

さっそく呂布は武装して兵を挙げた。張飛は寝ていた。知らせを聞いて迎え撃ったが、思うように戦えず、城から脱出した。

　張飛は劉備に追いついて、呂布が徐州に攻め込んだことを告げた。劉備は溜め息混じりに、

「仕方がない」といった。「じっくり大事を練ればいい」

「姉上はどうした?」関羽が訊いた。

　捕まった、と張飛が答えた。劉備は沈黙した。たまりかねて関羽が怒鳴った。

「おまえは自分の言葉を忘れたのか！　兄上の言葉を忘れたのか！　城は失う、姉上は捕らえられる。どう責任を取るんだ！」

　いたたまれなくなった張飛は、自決しようとした。とっさに劉備は止めた。

「『兄弟は手足のごとく、妻子は衣服のごとし』だ。衣服は破れても繕える。しかし手足を断たれれば、もとには戻らない。

　我々は桃園で兄弟になった。同じときに生まれなかったのは仕方ないが、同じときに死のうと誓った仲じゃないか。

　あの城は、もともと私の物ではない。呂布は私の家族に手は出さないだろう。きっと救い出せる。張飛、もっと命を大切にしろ」

劉備は声を立てて泣いた。関羽と張飛も涙を流した。

戦人が乱世を勝ち抜く要件の一つは団結である、と述べましたが、リーダーに必要なのは、団結を創り出す能力でしょう。この場面には、その能力を考えるヒントがある。

張飛は、酒を飲むな、兵士を鞭打つな、という戒めを破って、結果として城を奪われ、劉備の家族を捕らえられた。兵士として大罪を犯したわけで、死で償おうとするのも無理はない。しかし劉備は許した。

いや、厳密にいうなら、ここは単に許したのではなく、団結を築こうとした、と読むべきです。

「もっと命を大切にしろ」という言葉の言外には、まだ天下を取っていないのに、なぜ死ぬのだという意味が込められている。

団結するには大義が必要です。それを共有して、みなが同じ方向を向くことが、団結の第一です。リーダーは、全員がそうできるように配慮しなければならない。ここで、劉備は張飛に呼びかけている。

思い起こせ、我々の大義を！　こんなことは天下を取るためのコストではないか！

もっとも強い団結の在り方は、リーダーが一人一人と信頼関係を結んでいることです。

劉備はこの場面で、張飛はもちろん、関羽とも、大いに信頼の絆を、太く、強くした。それに比べれば、張飛の失敗は小さな出来事だったともいえる。

現実が突きつけてくる分断の罠を逃れたばかりか、張飛の失敗を、団結を確認するための好機に変えた劉備は、なかなかしたたかなリーダーです。

このあと呂布は劉備の家族を返してきました。劉備は徐州を呂布に譲って、不満をあらわにする二人の弟へ、いまは時を待つのだ、といった。待ちの人・劉備の面目躍如たるところです。

【三寸不爛の舌】

敵の懐に飛び込んで味方に変える
外交戦の駆け引きを学ぶ

日本は外交がうまくない、といわれます。しかし世界はますます狭くなって、国と国とのつきあい——つまり外交が重要になってきている。いや、国同士のつきあいに限らず、どのような団体であれ、また個人であれ、外交ができないとたちゆかない。

外交とは、交渉によって、こちらに有利な関係をつくることです。一番の外交成果は、敵を味方にすること。『演義』の世界でも、英雄たちによってさまざまな外交が行われている。

たとえば、すでに取り上げましたが、董卓が呂布を獲得した例。政敵の養子だった呂布と会って、董卓は、この人物を手に入れることができれば天下を取れる、と考える。

そこへ側近の武将・李粛が、

「私が三寸不爛《さんずんふらん》の舌で説得しましょう」と申し出た。

三寸不爛の舌というのは、英雄たちの外交のキーワードです。何よりも彼らの外交は言論戦だった。結局、裏切りの下地を持っていた呂布は、旧知の李粛の甘言と高価な贈り物で陥落する。その後は、董卓の養子となって、大いに天下取りのために働いた。

しばらくして曹操の運動によって、反・董卓の包囲網が結成される。董卓軍の核は呂布だから、彼を攻略すれば董卓を倒すことができる、と見た英雄たちは、呂布を標的にして戦う。

登場するのは、劉備、関羽、張飛の三人。さすがの呂布も、彼らを破ることはできずに敗走した。兵の士気が萎《な》えたとき、董卓は側近の李粛を孫堅《そんけん》のもとへ送る。

「丞相（董卓）は、将軍を尊敬しておられます。令嬢を将軍のご令息に娶せたいと願っておられるのです」

つまりは政略結婚で、董卓はのちの呉の礎をつくる実力者・孫堅を味方にしようとした。

しかし成功しない。まず、孫堅には董卓を受け入れる下地がなかった。加えて、李粛の三寸不爛の舌は、あまり巧みに動かない。「逆賊と縁組を結ぶものか！」と怒鳴られて、追い返された。

三寸不爛の舌で、大きな外交戦に勝った例としては諸葛亮が挙げられるでしょう。

◇

変転の末に、荊州の劉表のもとへ身を寄せた劉備は、何とか天下取りレースに勝ちたいと〈三顧の礼〉で諸葛亮を得た。この軍師は、曹操の猛将・夏侯惇が攻めて来たのを火攻めで破る。

その頃の曹操は、天子を後見して、公称百万の大軍を擁し、中国北部を治めていた。残るのは、三代にわたって江東《こうとう》（呉）を支配している孫権（孫堅の次男）と、宿敵の劉備。二人を討伐しようと、大兵を起こして進軍する。

そこへ劉表が死去し、義の人・劉備は後継者の劉琮《りゅうそう》を守るが、彼はあっけなく曹操に降伏してしまう。迫る曹操軍。諸葛亮はいった。

「曹操の勢いはとどめようがありません。呉の孫権に支援を求めましょう。南（孫権）と北（曹操）を対立させて、我々は彼らのあいだで利を占めるのです」

「江東は人材が多い。その計略は難しいのではないか？」劉備はいった。

「曹操は、江東にも迫っていますから、彼らは情勢を探るでしょう。ここに使者が来たら、すぐあちらへ赴いて、三寸不爛の舌で南を北にぶつけます。もし南が勝ったら、曹操を倒して荊州を取る。北が勝ったら、江南《こうなん》を攻略に向かえばいいのです」

「江東から使者が来るかな」

そのとき、孫権の使者・魯粛《ろしゅく》が劉表の弔問に訪れた。諸葛亮は彼と会見する。

「曹操軍の様子は、いかがですか？」魯粛がいった。

「曹操は稀代の計略家です。私は手の内を知っておりますが、戦力が乏しいので、ここで息を潜めているのです」

「しかるべき人物を遣って、一刻も早く呉と同盟を結ぶことです」

本当は思惑通りなのですが、足元を見られないように、劉備と諸葛亮は息を合わせてもったいぶったうえで、諸葛亮を使者に立てて欲しいと申し出たのを受け入れる。

途次、魯粛は諸葛亮に注意した。孫権に会ったら、決して曹操軍の規模が大きいことをいわないように。諸葛亮は、承知している、と応えた。孫権のもとへ着くと、曹操から檄《げき》文《ぶん》が届いている。

《劉備を討伐して、領土を分割し、永く同盟を結ぼう》。体《てい》のいい降伏勧告である。ところが孫権の側近の参謀達は、これを受諾しようとしていた。孫権は決断できない。そこで主戦論を主張する魯粛は、諸葛亮との会見を進言する。

　ここは、諸葛亮の三寸不爛の舌の見せ所の一つです。孫権の本陣に招かれた諸葛亮は、二十人ほどの居並ぶ重臣と対峙して、降伏論を主張する彼らを痛快に論破していく。その鮮やかな手際は、一度『演義』で味わっていただきたいものです。

　さて、いよいよ孫権との会見となった。青い眼。紫色の鬚《ひげ》。威風堂々としている。諸葛亮は考える。この人物は風貌が人並みではないから説得はできないだろう。ともかく挑発するしかない。孫権はいった。

「曹操軍の規模を訊きたい」

「ざっと百五十万というところでしょう」

　魯粛は顔色を変えて眼で合図するが、諸葛亮は素知らぬ表情。孫権は重ねて訊く。

「武将の数は？」

「すぐれた参謀、熟練の大将が、少なくとも二千人以上はいます」

「曹操の目的は？」

「彼はいま、長江《ちょうこう》に沿って砦《とりで》を築きながら、戦《いくさ》のための船を準備しています。目的は江東を取るほかにありません」

こうして諸葛亮は孫権を挑発していく。そして戦端を開くべきかどうか訊かれると、降伏するようにいった。

「劉豫州（劉備）殿は、なぜ帰順しない？」

「漢王朝のご一族で、あれほど英邁《えいまい》なお方が、曹操ふぜいの下につくことができますか」

孫権は怒って席を立ち、奥へ行った。魯粛はいった。

「なぜ、孫将軍を侮辱するのです？」

諸葛亮は悠然と笑って、

「狭量なお方だ。私には曹操を倒す計略があるのに」

魯粛が孫権にとりなして再び会見が始まった。酒を飲みながら孫権はいった。

「豫州殿は、このあいだ敗戦されたところだが、どのように曹操と対峙するおつもりか？」

諸葛亮は、ここぞとばかりにたたみかける。

「おっしゃる通りですが、関雲長が一万の精鋭を指揮し、劉琦《りゅうき》の軍勢も一万はおります。曹操軍は遠征なので、もはや疲弊の態。しかも北の兵は水戦に慣れておりません。また荆州の人々が帰順したのも、勢いに押されただけで、曹操に心服したわけではありません。

将軍が豫州殿と同盟されれば、必ず曹操を倒すことができます。敗れた曹操は北へ戻るでしょう。そうすれば、荆州と呉の威勢が増して、天下を三分することができます。いまこそ勝負の瀬戸際です」

昂揚した孫権は、いったんは開戦を決意するが、側近の張昭《ちょうしょう》から、諸葛亮の計略にひっかかってはいけない、と進言されて、外政のスペシャリスト・周瑜《しゅうゆ》を呼び寄せる。彼は降伏論を支持している。

会見した諸葛亮は、それは時勢に適った決断だ、と褒める。そして曹操を簡単に引き上げさせる計略を示す。実は、彼が攻めて来たのは、美貌で知られた江東の喬公《きょうこう》の二人の娘を手に入れるためなのだ、と。

曹操は、こういった（と諸葛亮はいった）。

「わしの願いは二つある。一つは帝位につくことで、もう一つは江東の二人の美女を手に入れることだ。これが叶えば死んでもいい」

諸葛亮が、この二人の美女を買って曹操に贈ればいい、というと、周瑜は顔色を変えた。

「上の娘は孫伯符《はくふ》（孫権の亡兄）将軍の夫人で、下の娘は私の妻だ」

「存じませんでした。いま申し上げたことはお忘れください」

「曹操のような男に、呉を侮らせはしないぞ」

「将軍、よくお考えになってください」と諸葛亮はいった。「相手は大軍。難敵ですよ」

「もともと北を討つつもりだった」と周瑜はいった。「帰順するといったのは、君の出方を見ただけだ」

こうして諸葛亮は孫権軍を曹操軍と対峙させた。ステージは『演義』でも屈指の名場面〈赤壁の戦い〉へと進む。

◇

十七世紀に生きたイギリスの大使で、ヘンリー・ウォットン卿が、こんな箴言を残したそうです。いわく、「大使とは、自国の利益のため外国で嘘をつく目的で派遣される誠実な人間である」
十六、七世紀の大使たちは、国際関係に道徳は無用で、自国のために外国政府を欺《あざむ》いても、私人としての信頼を失うことはないと考えていた。つまり、マキアヴェリ的な思考が流通していたといえる。
三国志の英雄たちも、大同小異ですが、外交がアーネスト・サトーのいうように、「独立国家間の公式の関係に知性と技巧とを応用する術」である限り、謀《はかりごと》の側面があることは否めません。

それよりも、諸葛亮の外交戦を見るとき、身一つで相手の陣中へ飛び込み、並外れた胆力と知恵と言葉で、敵を味方に変え、現実を大きく動かしていく迫力を賞賛するべきでしょう。


ところで外交は、国と国とのつきあいですが、おおもとにあるのはやはり人間です。結局は、どのような人間関係を結ぶかが問われる。そのためには、こちら側が、人間として成熟していなければならない。早い話、相手に嫌われてしまえば、それまでです。

外交官の教科書ともいうべき名著『外交』の中で、ハロルド・ニコルソンは、外交官の条件を挙げています。①誠実、②正確、③平静、④忍耐、⑤よい機嫌、⑥謙虚、⑦忠誠。

優先順位の第一は、誠実。

また、外交書の古典『外交談判法』で、フランソワ・ド・カリエールは、外交官は、「嘘をつかない人だという評判を確立すること」が必要だと述べています。つまり、外交官にとっての武器は、誠実である。

『演義』の世界にも、そのことを示す逸話があります。

あちらこちらをさまよって、なかなか根拠地を持てない劉備が、徐州の牧となったのは、この地が曹操に攻められたとき、劉備が支援に駆けつけて、治者の陶謙に見込まれたことがきっかけだった。

しかし劉備は、義に反するから、となかなか主権を譲り受けようとしない。そういう人物だからこそ、陶謙は徐州を譲ろうとした。そして老齢の陶謙の死後、周りにも請われて、仕方なく、牧に就任する。曹操は怒ったものです。

「奴は、一本の矢も使うことなく、徐州を手に入れた」

これを外交と見れば、劉備は誠実という武器によって勝ったといえるでしょう。

【長坂橋の戦い】

敵を飲み込むほどの気迫と捨て身の覚悟を学ぶ

『演義』は天下統一の国取り物語なので、戦の場面が多い。歴史に名を残した英雄たちが、命がけの白兵戦を演じて、わたしたちの手に汗を握らせる。そういうとき勝ちをおさめて、悠然と剣を掲げる武将には、共通点がある。

気迫です。

戦場での戦いは、剣を交えたときに始まるのではない。敵と向き合ったその瞬間、もう始まっている。命に代えても倒す、という強烈な一念は相手に通じる。そして圧倒する。こちらが前へ出る分、向こうは退く。すでに形勢は有利になっている。

気迫というのは、なにかよく分からない気分のようですが、戦場においては、手触りさえある実体になる。その成分は二つ。絶対に勝つという確信と捨て身の覚悟です。『演義』において気迫を語る場合、はずすことができないのは、張飛と趙雲の二人でしょう。なかでも、〈長坂橋《ちょうはんきょう》の戦い〉は、名場面の一つです。

◇

荊州の劉表のもとで雌伏の時期を過ごしていた劉備が、諸葛亮という軍師を得て、本格的な国取りに乗り出したときのこと。曹操の配下の武将・夏侯惇が十万の軍勢とともに攻めて来たのを、火攻めで撃退した。

この結果を見た曹操は、「わしの敵は劉備と孫権だ。いい機会だから、二人が陣取っている江南を攻めよう」と五十万の大軍を挙げる。荊州は劉表が死去して、後継者争いでもめている。その隙に荊州を奪うということができない劉備は、樊城《はんじょう》（湖北省襄樊市内、漢水北岸）をめざして、自分を慕う住民とともに移動する。

諸葛亮は追撃してきた曹仁《そうじん》を、ふたたび火攻めで撃退するが、曹操は諦めない。劉備は住民と兵士、合わせて十数万人を引き連れて江陵《こうりょう》（湖北省江陵県）へ向かう。

迫る曹操軍に、武将たちが進言する。これだけの人がいると、一日に十里ほどしか進めない。ここはひとまず住民を置いて身軽になったほうがいい。すると劉備は、こう応える。

「大事を成そうとする者は、人を基とする。私を信頼してくれる領民を見捨てられない」

いかにも彼らしいあたたかさにあふれた名台詞ですが、この温情は命のやりとりをする戦場にあって諸刃《もろは》の剣です。

劉備の一行は、当陽県《とうようけん》（湖北省荊門市西南）の景山《けいざん》に留まった。深夜に曹操軍が攻め込んできた。劉備は奮戦しつつ、逃走する。夜明けになって、ようやく馬を休ませて周りを見ると、百騎ほどの兵士しかいない。劉備は、十数万の住民と兵士を失ってひどく嘆き、自分を責める。

もともと劉備は、移動するのに住民を伴うべきではありませんでした。あるいは、それほど住民を愛護する気持ちがあるのなら、冷徹に荊州を奪い取って、曹操軍を迎え撃つという選択肢もあった。ここは劉備流の温情主義が仇になったと見なければならないでしょう。

劉備が嘆いていると、趙雲が曹操に寝返ったという知らせが入る。

「子龍《しりょう》（趙雲）は古くからのつきあいだ。裏切るはずがない」と劉備はいった。

「俺が確かめに行く。もし本当に裏切ったのなら、この槍《やり》で一突きだ」と張飛はいった。

長坂橋に着いた張飛は、伴って来た二十騎ほどの兵の、馬の尾に木の枝をつけて林を走らせ、濛々《もうもう》とあがる土煙で、大勢の兵士が潜んでいるように見せかけた。

一方、趙雲は曹操軍と戦い続けて、気がついてみたら劉備やその家族もいない。残った手勢は三、四十騎。劉備から、二人の夫人と世継ぎの息子・阿斗《あと》の護衛を託されていた彼は、兵士の入り乱れるなか、剣や矢をかいくぐって捜し回る。

逃げ惑う人々の群れに、まず阿斗の生母・甘《かん》夫人を見つけた。しかし阿斗はいない。敵と交戦しながら、民家の枯れ井戸の傍らに、阿斗を抱いて坐り込んでいる糜《び》夫人を見つけた。

趙雲が馬に乗せようとしたら、自分は重傷を負っているから、阿斗だけを助けて欲しい、と枯れ井戸に飛び込んで死んでしまった。趙雲は阿斗を懐に抱えて走り去った。敵兵を振り切って長坂橋へ来ると、そこにいたのは張飛です。

「頼む」と趙雲。

事情を飲み込んだ張飛は、

「あとは任せろ」と身構えた。

さて、ここからが張飛の気迫の見せどころ。趙雲を追って来た曹操軍の兵士が見たのは、長坂橋の上で、馬に跨《またが》って、鬚を逆立て、眼を見開き、蛇矛《じゃぼう》を握っている張飛の姿です。

橋の東にある林では、さかんに土煙が上がっている。

もしかすると伏兵がいるのかも知れない。兵士たちの足が止まった。次々と曹操軍の中核の武将たちも現れた。曹仁。李典《りてん》。夏侯惇。夏侯淵《かこうえん》。楽進《がくしん》。張遼。張郃《ちょうこう》。許褚《きょちょ》。みな橋の西で横並びになって、後方の曹操に使者を送った。

曹操が馬で駆けつける。張飛は、青い絹の傘、旄《ぼう》、鉞《まさかり》、旌旗《せいき》がちらちらするのを見て、総大将が来たな、と気づいて、大音声をあげた。

「俺は燕人《えんひと》張翼徳だ！　命の惜しくない者は出て来い！」

雷鳴のように轟く声は、曹操軍の兵士を身震いさせた。曹操は絹の傘を片付けさせて、側近にいった。

「翼徳（張飛）は敵が百万いたとしても、簡単に大将の首を取るらしい。油断するな」

張飛は眼を見開いてたたみかけた。

「どうなんだ！　俺と勝負する命知らずはいないのか！」

すさまじい気迫だった。圧倒された曹操は、ここは退いたほうがいいと思った。軍勢の後ろのほうがそろそろと動き始めたのを見て、張飛は蛇矛を構え直した。

「戦うのか！　逃げるのか！　いったいどっちなんだ！」

長坂橋の戦い

横山光輝『三国志』より　©光プロダクション／潮出版社

あまりの勢いに気圧《けお》されて、曹操の傍らの武将が馬から落ちた。それがきっかけになった。曹操がさっと手綱を操って後ろに向かって逃げ出すと、大将たちも慌ててあとに従った。槍を棄てる者、兜を落とす者、無数の兵士が逃げ惑い、曹操の大軍は総崩れのありさまだった。

逃げる、逃げる。冠が落ちたのも、簪《かんざし》が抜けたのも、まったく気がつくこともなく、曹操は髪を振り乱して逃れて行く。そこへ側近の武将が追いついて馬を止めた。曹操はまだ逃げようとしている。張遼がいった。

「どうか、気を静めてください。張飛は一人です。こちらは五十万の大軍です。引き返して攻め込めば、劉備の身柄を確保できます」

曹操はやっと落ち着いて、張遼と許褚を長坂橋へ遣ったが、すでに誰の姿もなかった。劉備たちは、世継ぎの阿斗と甘夫人を取り戻して、江夏《こうか》へ落ち延びて行った。張飛は、たった一人で、五十万の大軍を押し返したのです。

必死の一人は万人に勝る、といいますが、まさにこの長坂橋での張飛がそうでした。

張飛は腕自慢ですが、まさか一対五十万の戦いで勝てるとは考えていなかったでしょう。ただ一対一の白兵戦なら、絶対に負けない自信があった。そこで曹操軍の兵士一人一人に

挑むつもりで、

「俺と命がけの勝負をする者はいないか！」と叫んだ。

さらに彼は捨て身だった。敵の大軍にこの橋を渡らせれば、劉備が捕らわれる。そうはさせない。命に代えても、ここは守って見せる。ぜがひでも通るという者とは、刺し違えてもいい。彼の気迫は、曹操さえも怖気《おじけ》づかせた。

臆病は伝染する。特にリーダーの場合は影響が大きい。総大将の怯《おび》えは全軍の士気を奪った。

『演義』の張飛は、大酒飲みで、乱暴で、粗忽《そこつ》で、明らかに三枚目のキャラクターを振られていますが、この場面ではとてもハンサムな印象があります。

◇

気迫の武将のもう一人は、さっき世継ぎの阿斗を抱えて、張飛に救われた趙雲です。時代は〈長坂橋の戦い〉からぐっと下って、すでに劉備も曹操も故人となっています。関羽、張飛もすでにない。

成長した阿斗＝劉禅《りゅうぜん》を君主と仰ぐ諸葛亮が、先主・劉備の天下統一の悲願を掲げて、北伐を開始しようとする。そのとき編成した遠征軍に、高齢の趙雲を入れなかった。彼も、もう七十歳でした。すると、趙雲は強く抗議する。

「私は老いていますが、勇気も力も衰えておりません。若い頃から先帝に従って、敵と戦い続けてきました。戦場で死ねれば幸いです。どうか私を先鋒に。そうでなければ、この場で死にます」

こうまでいわれて諸葛亮も無下《むげ》にはできない。先鋒を任せた。戦場の趙雲は信じられないような働きを見せた。

敵の大将・韓徳《かんとく》、彼の四人の息子と対峙した趙雲。馬を駆って槍《やり》を構え、韓徳に挑む。長男の韓瑛《かんえい》が割って入ったが、すぐ趙雲の槍に一突きされて、どさっと馬から落ちた。そこへ二男の韓瑶《かんよう》が飛び出して、威勢よく刀を振り回すが、趙雲の気迫にはかなわない。三男の韓瓊《かんけい》がさっと方天画戟《ほうてんがげき》を構え、挟み撃ちにしたが、趙雲は悠然と槍を操る。四男の韓琪《かんき》は、二人の兄が苦戦しているのを見て、馬の背で二本の日月刀を振り上げ、三人で趙雲を囲んだ。

趙雲は、まず、韓琪を槍で仕留めた。すると韓徳の陣中から武将が馬で飛び出して来た。趙雲が一瞬引くと見せかけると、韓瓊が方天画戟をしまって矢を射た。三本の矢が趙雲めがけて射られたが、みな槍で叩き落とされた。

韓瓊は興奮して方天画戟を握り、趙雲を追いかけたものの、趙雲の射た矢に当たって馬から落ちて息絶えた。韓瑶が刀を振り上げた。趙雲は槍を捨てて身をかわし、韓瑶を捕らえた。自分の陣地に捕虜を連れ帰ると、また槍を取って敵に向かって行った。

息子がすべて趙雲にやられたのを見た韓徳は、自分の陣地へ逃げ戻った。もう誰も趙雲と剣を交えようとはしなかった。趙雲の馬が来ると、兵士たちは潮が引くように退却した。趙雲は広い戦場を一人で駆けた。韓徳は趙雲に捕らえられそうになって、鎧を脱いで走って逃げた。

戦功を立てて陣中に戻った趙雲。若い武将がいった。

「なんという戦い振りでしょう。とても将軍が七十とは思えません」

趙雲の応えは、こうです。

「丞相（諸葛亮）は、私が老いているからと、遠征軍からはずされた。それで少しばかり腕を揮《ふる》った」

趙雲の姿は、戦い勝つために必要な気迫は、年齢に関わりなく持てることを示しています。

『演義』の英雄たちばかりでなく、人の生涯には、どうしても勝たなければならない戦があります。そのとき勝敗のポイントになるのは、敵を呑み込むほどの気迫を持てるかどうかです。

「俺は燕人張翼徳だ！　命の惜しくない者は出て来い！」と叫んだ張飛のような気迫。

「戦場で死ねれば幸いです。どうか私を先鋒に。そうでなければ、この場で死にます」と迫った趙雲のような気迫。

その気迫が、自分自身の生涯の名場面をつくります。

【出師の表】

名文を味わい、大人物の心の豊かさ繊細さを学ぶ

『演義』は全編に戦の場面があって、リーダーたちは、常に、いかに勝つかを考えています。勝つためには、武術の巧拙だけではだめで、外交や政治、人間としての力など、さまざまな要素が必要になる。本章はそのうち言葉について考えてみたい。

『演義』の英雄たちは、変幻自在に言葉を操って、有利に戦を進めます。まずは、政治の言葉。どのように使われるのか、背景を述べておきましょう。

曹操が献帝を後見して、漢の丞相になったあとのこと。献帝の叔父と認められた劉備は、左将軍・宜城亭侯《ぎじょうていこう》に任命されるが、これは曹操の監視のもとに置かれたのと同じ。不自由な思いをかこっています。

曹操は、献帝を後見するという名目で、朝廷の実権を握っている。劉備はこの不自然な状態を正すためのクーデター計画に加わるが、どうも成功しそうにない。

おりからたまたま伝国の玉璽《ぎょくじ》（天子の証し）を手に入れた袁術が、皇帝を僭称《せんしょう》して、我が物顔にふるまっている。しかし身勝手が過ぎて、民衆ばかりか、側近の武将たちからも見放されて、河北《かほく》に君臨する兄の袁紹のもとへ身を寄せようとした。

それを知った劉備は、朝敵を征伐したい、と申し出て、曹操のもとを逃れた。側近の郭嘉と程昱は驚いて進言する。

「ここで劉備を自由にすれば、生涯、悔いを残すことになります」

慌てた曹操は許褚を使者に出すが、劉備は、

「大将が戦場にあるときは、君命も受けないことがある」と帰還を拒む。そして袁術を撃破し、曹操の密命を受けて劉備を暗殺しようとした徐州の刺史・車冑《しゃちゅう》を葬り、当地に留まった。

自由になったのはいいが、曹操は黙っていないだろう。劉備は袁紹の家と三代にわたってつきあいのある鄭玄《ていげん》に仲介してもらって、袁紹と曹操を対峙させることに成功した。

兵を挙げようとする袁紹に、ブレーンの郭図《かくと》が提案する。

「大義を明らかにするのです。各地に檄文を送って、曹操の悪業を指摘し、義によって討つことを宣言しましょう」

そこで文人として名高い書記の陳琳《ちんりん》に長い檄文をしたためさせた。

檄文とは、敵を苛烈に攻撃して、味方を励ます文章です。曹操の悪業を告発している箇所の要旨を見てみます。

「曹操の祖父・中常侍の曹騰《そうとう》は、極めて欲深く、宦官の左悺《さわん》や徐璜《じょこう》と災いを招き、政道を乱し、民を虐げた。父の曹嵩は曹騰の養子となって、権力を持つ者に金や宝玉など賄賂を贈って高い位を買い、天下を覆した。曹操はこのような宦官の醜い末裔《まつえい》で、徳のかけらもない。狡猾《こうかつ》で、乱を好んで、災いを楽しむ」

曹操ばかりか、父、祖父にまでさかのぼって、苛烈に指弾している。そこまでいわなくてもと思うほどですが、この容赦のない攻撃が檄文に力を与える。読み手には、曹操の悪がはっきり見えてくる。

陳琳は、具体的に例を挙げながら、これでもかというほど罪を並べていく。

皇帝を無理に遷都させた、宮廷の主導権を握って我が物顔にふるまった、恩賞や刑罰をほしいままにした、自分の一族ばかりを優遇した、集会して議論する人々を死刑にした、反目する者はひそかに殺害した、恐怖政治で人々から言葉を奪った、貴い人物の墓荒らしをして金銀財宝を略奪した、などなど。

このあと、曹操は謀反のたくらみがあって漢王朝の重臣を殺して国を衰えさせた、皇帝を守ると称して実は監禁していると述べ、いま曹操を倒すことが忠臣の証しで、烈士が功名を立てるときだと、大義がこちらにあることを説く。

さらに曹操軍は寄せ集めで、自分（袁紹）には百万の精鋭がいるから必ず勝てる、と鼓《こ》吹《すい》する。曹操の悪業を分かりやすく暴き立て、こちらの大義をはっきりさせ、勝利を確信させる――なかなかの名文です。

袁紹は、この檄文をそれぞれの州や郡に送って、渡し場や関所などへ掲示した。当時はマス・メディアがなかったので、これはたとえばＴＶ演説などの役割を果したことでしょう。その威力は大きかった。

檄文が手元に届いたとき、曹操は持病の頭痛で休んでいたのですが、読み終えた途端に鳥肌が立って汗が吹き出て、頭痛がどこかへいってしまった。のちに陳琳は、曹操のブレーンとして迎えられますが、きっかけはこの檄文だったかも知れません。

◇

さて、次に文学の言葉です。これもまず使われたときの背景を。

曹操が漢の丞相として安定した体制づくりを終えたあとのこと。いよいよ、孫権と劉備を倒して天下を平定しようと大兵を起こす。劉備は荊州に駐屯《ちゅうとん》していたが、支配者の劉表が死去する。後継者の劉琮は、あっさり曹操に降伏した。

迫る曹操軍に、諸葛亮はみずから呉へ赴いて孫権と交渉し、孫権軍と曹操軍を対峙させることに成功する。いわゆる〈赤壁の戦い〉の始まりです。

西暦二〇八年の冬。曹操は船上にいる。空には雲一つない。東の山には月が輝いて、長江は静かに凪《な》いでいる。曹操はいった。

「酒と音楽を！　宴だ！」

船の甲板には、曹操を中心にして、錦の衣を身につけ、武器を手にした数百人の勇将が並んだ。東に柴桑《さいそう》の国境、西に夏口《かこう》の入り江、南に樊山《はんざん》、北に烏林《うりん》。美しい眺めに、曹操は昂《たかぶ》りを抑えきれず、夜の更けるまで飲み続けた。

酔っ払った曹操は、槊《ほこ》を持って立ち上がり、長江に酒を注ぐと、盃を干していった。

「俺の望みは天下を平定することだ。手の届かなかった江南の地が、みなの勇戦のお陰で、すぐそこにある。この戦いは勝てる。もうすぐ大願が叶うぞ。これから歌をつくって歌う。

諸君も一緒に歌おう」
対酒当歌（酒に向かって歌う）、人生幾何（人生はどれだけのものか）、譬如朝露（たとえば朝露のようなもの）、去日苦多（去り行く日々はあまりにも多い）
慨当以慷（熱く心を昂らせるのだ）、憂思難忘（憂いは忘れ難い）、何以解憂（どうやって憂いを解けばいい）、唯有杜康（それは酒である）
詩はまだ続きます――要約すると、この世には、いまだまみえたことのない人材がいるだろう。今夜の月のように皓々と輝くその人物を、自分は得ることができないかも知れない。しかしひたすら人材を求めよう。自分は山のように、海のように、包容力のある治者になろう――。
さっきの檄文と違って、こちらはまぎれもない文学。曹操は、戦いに臨んで、巧みな詩を詠い、大いに将兵の戦意を昂揚させたのです。
実は、曹操は才能の豊かな詩人でもありました。敵だった陳琳をスカウトしたように、才能のある文人を集めて、文学サロンをつくっていた。「高みに登ると必ず詩を賦し、新作が成るときまって管弦にかけて唱った」と伝えられています。
曹操の詩文は、いまはほとんど散逸していますが、かつては二十巻とも三十巻ともいわれる、『魏武帝集』という書物に収められていたようです。

この詩『短歌行《たんかこう》』は、彼の作品のなかでも有名なものです。「短歌」には、人の命のままならぬことを歌う、とする説と、歌の歌い方をいう、とする説がある。「行」は楽府（漢代の歌謡）として歌われる歌の形式。

曹操は、なぜ詩をつくったのか。竹田晃氏は、曹操が単純に政治的な野心を遂げることで満足を得る武将ではなく、内省的で、繊細な心を持っていたと述べる。彼にとって詩は、「心の痛みや迷いを、自由奔放に解き放つことのできる場」「彼の理想を展開する場ともなり、またときとして赤裸々な人間として悲しみを訴え、涙を流す場ともなった」。

つまり、詩は曹操にとって心のシェルターだった。戦の日常で摩滅しそうな心を詩が守っていた。彼のリーダーとしての魅力、人間としての奥深さの秘密は、ここにありそうな気がします。

◇

政治の言葉、文学の言葉、ときて、つぎは魂の言葉とでもいえばいいでしょうか。

二一六年、曹操は魏王になる。三年後、劉備は漢中王に。翌年、曹操は六十六歳で病没。息子の曹丕《そうひ》は、後漢の献帝を廃して魏王朝を立て、文帝《ぶんてい》となる。

翌年、劉備は蜀王朝を立てるが、呉に進軍して大敗し、二二三年、六十三歳で病没。後事を託した諸葛亮に、息子の劉禅に見込みがあれば補佐し、能力がなければ君が国の主になれ、と遺言した。

劉禅は凡庸な若者だったが、諸葛亮は劉備の恩に報いて即位させる。リーダーが倒れると、その隙《すき》を狙う悪党がいる。魏は、積極的に蜀を攻めようと画策するが、諸葛亮は素早く呉と同盟を結んで難を避けた。

しばらくして蜀の南部に住む異民族の王・孟獲《もうかく》が反乱を起こすが、諸葛亮はみずから五十万の兵を指揮して鎮圧する。魏では、若くして文帝が死去し、息子の曹叡《そうえい》が明帝《めいてい》になる。翌年、諸葛亮は北伐（魏を討つこと）を決意する。

内政は安定している。呉との同盟も結んだ。南征（蜀南部の異民族の鎮圧）も成功した。条件は整った。この好機を逃してはならない。諸葛亮は『出師《すいし》の表《ひょう》』をしたためて、劉禅に出陣を告げる。

この文章は、臣下の諸葛亮が申し上げます、と始まる。ついで、先帝は創業なかばにして崩御《ほうぎょ》されました、いま天下は三分されて益州《えきしゅう》（蜀）は疲弊しております、これはまことに危急存亡のときです、と政治情勢を説く。

しかし蜀は忠実な臣下に支えられている。これは先帝の恩を劉禅陛下に報いようとしているからです。このあと細やかな忠言が続く。臣下の忠言、諫言には耳を傾けなければいけない。宮中と政府は一体でなければならない。役所に命じて賞罰を明らかにするべきである。治世に私情を挟んではならない。

宮中のことは官吏の○○に、軍事は××将軍に委ねれば間違いない。前漢は、賢臣に親しみ、小人を遠ざけたから興隆した。後漢は、小人に親しみ、賢臣を遠ざけたから廃れた。先帝もこのことをよく述べた。陛下は、いま仕えている賢臣を信頼するように。

諸葛亮は北伐で敗北するつもりはなかった。しかし戦の勝敗は時の運。命はままならないものだという認識がある。だから遺言のような口調になった。『出師の表』で感動的なのは、諸葛亮が劉備との出会いを回顧する後段のくだりです。

先帝は三度も私の草盧《そうろ》を訪ねてくださいました、と劉備の恩を説いて、全力を挙げて魏を討伐し、漢王朝を再興して、かつての都・洛陽を奪還したい。これが先帝への報恩であり、陛下への忠誠の誓いである、と述べる。そして――

「くれぐれも先帝の遺詔《いしょう》をお忘れにならないように。私は先帝の大きな恩に感謝しきれません。いま遠く離れるにあたって、この表を書きながら、涙が溢れて言葉もありません」

このとき先帝・劉備が亡くなってから、すでに四年が経っている。諸葛亮は蜀の王になることもできた。安穏に暮らすこともできた。しかしどちらも選ばなかった。劉備の子・劉禅を王として支えて、困難な天下平定の事業を推し進めた。それはひたすら劉備の恩に報いるためである。

父が見抜いていたように、息子の劉禅は王の器ではない。当然、諸葛亮もそのことは分かっている。もしかすると、天下平定など望んでいなかったのかも知れない。だから『出師の表』では、何度も先帝の志を思い起こすように諭す。

やがて諸葛亮は、こうして先帝の志を継ぐのだ、と命を懸けた北伐に挑みます。『出師の表』のターゲットは劉禅です。この言葉は、劉備の志を劉禅に引き継がせようとする、諸葛亮の魂の発露でした。

【孟獲心攻戦】

〝相手の心を攻めて〟従わせるソフトパワーの人格力を学ぶ

『演義』でも屈指の名場面の一つ〈赤壁の戦い〉。これは漢の丞相として力を蓄えた曹操が、天下を平定するために、ライバルの孫権と劉備を倒そうと、兵を起こしたことがきっかけでした。

根拠地を持たない劉備は、荆州に身を寄せていたが、支配者の劉表が死去し、後継者の劉琮は進軍して来た曹操軍に降伏する。このままでは危ない。そこで諸葛亮が立てた計略は孫権を起ち上がらせて、劉備軍の盾とすることだった。

西暦二〇八年の冬。〈赤壁の戦い〉は、直接には孫権と曹操の争いですが、諸葛亮がいろいろと工作をしている。彼のふるまいには、リーダーにとって学ぶべきことが多い。そのなかの一つは、呉の軍師・周瑜とのやりとりをめぐってです。

周瑜は諸葛亮の才能を、いずれ呉にとって脅威となるに違いないと警戒した。そして彼を排除するための計略を立てる。

周瑜は諸葛亮にたずねる。水戦ではどのような武器が有利か。諸葛亮はこたえる。弓矢ではないか。周瑜はいう。しかし呉には矢が足りない。十日以内に十万本の矢を調達してくれないか。諸葛亮はいう。戦はタイミングが重要だ。十日もかければ曹操軍に攻め込まれてしまう。三日あればいい。ここに周瑜はつけこむ。

「陣中に戯言《ざれごと》なしですよ」

「誓約書を書きます」と諸葛亮はいった。「三日で十万本の矢が調達できなければ厳罰を受けましょう」

諸葛亮が去ったあと、周瑜は配下の魯粛にいった。職人にはゆっくり仕事をさせて、約束の日に間に合わないようにする。あとは誓約書が諸葛亮を始末してくれる。おまえは奴から眼を離すな。

魯粛は諸葛亮を訪ねた。

「大変な約束をされましたな」

「仕方ありません。子敬《しけい》（魯粛）殿、力を貸してください。まず、船を二十隻、ご用意いただきたい。すべての船に青布の幔幕《まんまく》を張って、千束あまりの藁束を敷いてください。そして一隻ごとに兵士を三十人乗せる。これで十万本の矢は手に入ります」

三日目の真夜中、魯粛は諸葛亮に呼ばれた。これから矢を取りに行くから、同行してもらいたいという。魯粛は兵に命じて二十隻の船を出発させた。その夜の長江は濃霧で、眼の前にいる人が誰かも分からない。船は手探りするようにゆっくり進む。

明け方近く、船は曹操軍の陣営に近づいた。すると諸葛亮は、二十隻の船の腹を敵に向けて横隊にし、いっせいに軍鼓を轟かせた。魯粛には、諸葛亮の考えが分からない。慌てて、

「危険です。曹操軍がやって来ますよ」

諸葛亮は笑う。

「いや、この霧です。曹操は来ませんよ。さあ、仕事が終わるまで、ゆっくり飲みましょう」

こちらは曹操の本陣。軍鼓と鬨《とき》の声が轟いたという報告を受けた彼は、濃霧のなかにひそむ伏兵を警戒して、まず弓で応戦せよ、と命じた。そして一万を超える兵が、霧の長江に矢を射た。

諸葛亮は船の隊列を移動させて、反対の腹を敵に向けると、また軍鼓を轟かせた。朝陽が昇って霧が引くと、諸葛亮たちの船は退却を始めた。兵士は曹操の陣営に向かって叫んだ。

「丞相、矢のお礼を言います！」

呉の本陣へ向かいながら諸葛亮はいった。

「一隻に五千本あまりの矢があります。全部で十万本。これで約束を果しました。明日にでも曹操軍と戦えますよ」

魯粛は感嘆した。

「信じられません。どうして霧が出ることをご存じだったのですか」

「天文に通じ、地の利を知ることは、将であれば当然のことです。三日前、今日の霧のことは分かっていました。公瑾《こうきん》殿（周瑜）は、私が誓約書に違反するように仕向けて始末するつもりでしたが、私の命は天のものでもあるんです。そう簡単に奪えませんよ」

諸葛亮は笑った。岸に着いた船から、兵士が矢を引き抜いて周瑜の本陣へ運んだ。それは確かに十万本あった。魯粛からいきさつを聞いた周瑜は、溜め息をついた。

「孔明の智謀には敵わない」

敵わないのは智謀ばかりか、敵の矢をそっくりいただくという〝大胆さ〟です。フランス革命の時代に活躍した英雄の一人が残した言葉です。

「大胆たれ！　大胆たれ！　大胆たれ！」

小さく萎縮していては、勝つことはできません。痛快なほどの大胆さ――これはリーダーが戦に臨むにあたっての要件の一つでしょう。

◇

時代はくだって二二五年。すでに蜀王朝が築かれて、劉備が死去し、後継者の劉禅へ政権が移ったのちのこと。蜀南部を代々の根拠地としてきた異民族のリーダー・孟獲が反乱を起こした。

劉禅や側近は、諸葛亮を煩わせるまでもないと諫めるが、彼は聞かない。南蛮の住民は、ほとんどが劉禅を王とは思っていない。彼らを従わせるには、ハードパワーとソフトパワーの両方を使って工夫しなければならない。それには自分が遠征するしかない、というのが言い分だった。

諸葛亮は五十万の兵を率いて進軍した。まず、孟獲に手を貸した南部の太守たちに〈離間の計〉を用いて、建寧《けんねい》郡、牂牁《そうか》郡、越嶲《えっすい》郡の反乱を鎮圧する。そこへ劉禅の使者・馬謖が訪れて、将兵に恩賞の酒などを与えた。諸葛亮はたずねる。どうすれば南蛮地方を平定できるか。馬謖がいう。

南蛮は、首都から遠く、地勢が険しいので、長く王化に従って来なかった。丞相であれば簡単に鎮圧されるだろうが、やがて北伐に向かったとき、南蛮はまた反乱を起こすに違いない。

「戦は、『心を攻めるのが上策であって、城を攻めるのは下策である。心の戦いが上策であって、兵の戦いは下策である』といいます。ここは南蛮の心を攻めて従えることが、上策と思われます」

諸葛亮は、

「私の考えていたことと、まったく一致している」と進軍した。

諸葛亮の南蛮平定のポイントは、心を攻めて従える、ということです。では、彼はどのようにして、その難しい戦を進めたのか?

諸葛亮の大軍と交戦した孟獲は、あっさりと捕えられた。諸葛亮は捕虜となった南蛮兵の縄を解いて呼びかける。

「諸君に罪はない。孟獲のせいで悲惨な思いをしたのだ。きっと家族は帰りを待っている。

私は諸君をすべて放免する」。そして酒や米を与えた。南蛮兵は涙を流して感謝した。

　さて、諸葛亮のもとへ引き出された孟獲。

「先帝（劉備）は、君を厚遇したのに、なぜ反乱を起こした？」

「おまえの主人は、俺が先祖から譲り受けた土地を奪って、勝手に皇帝と名乗ったのだ。俺は、昔通りにしようとしただけだ。反乱などではない」

「私は君を生け捕りにした。心から従う気があるか？」

「地の利がなかったから負けた。誰が従うものか」

「従わないか。では、放免してやろう」

　孟獲は顔を上げて、不思議そうに諸葛亮を眺めた。

「それなら、もう一度戦う。今度、生け捕りにできたら従おう」

　諸葛亮はすぐに縄を解いて、きちんと着替えさせて酒や米を与え、鞍《くら》をつけた馬に乗せて、兵士に道まで送らせた。

　孟獲は本陣に立てこもって、持久戦の構えをつくった。蜀軍は遠征の疲れと暑さで消耗するだろう。しかも両軍のあいだには、毒気を発する瀘水《ろすい》が横たわっている。ところが諸葛亮は土地の住人に案内を頼んで、馬岱《ばたい》と手勢を瀘水の向こう岸に渡らせて、南蛮軍の糧道を断った。

孟獲の側近・董荼那《とうとな》が出撃したが、馬岱に、

「丞相（諸葛亮）に命を助けられながら裏切るのか！」と罵られて退却した。

同じく、先の戦で捕虜となって釈放された南蛮軍の酋長たちは、諸葛亮の智謀を目の当たりにして恐れる気持ちもあり、孟獲を生け捕りにして蜀軍に差し出した。

ふたたび諸葛亮と対面した孟獲はいう。

「俺の部下が裏切ったせいだ。降伏などするか」

「そうか。では、釈放してやろう」

孟獲は、にやっと笑った。

「俺も少しは兵法の心得がある。次に生け捕りにできたら、心から従おう」

本陣へ戻った孟獲は、弟の孟優《もうゆう》とその手勢を、宝物を届けに来たという口実で、諸葛亮のもとへやる。降伏を偽装して、内と外で呼応して攻める計略だった。しかしそんなことは見通している諸葛亮、孟優らを薬入りの酒で酔いつぶれさせてしまう。

諸葛亮の本陣まで来て、罠に落ちたと気づいた孟獲は、手勢を率いて退却しようとするが、あっさり捕らえられる。諸葛亮はいった。

「これで三度目だな。まだ降伏しないか？」

「弟が卑しいせいで、しくじったんだ。降伏できない」

諸葛亮は苦笑して、

「よし、君を放免する」

孟獲、孟優、さらに南部のそれぞれの洞《どう》の酋長は、すべて放免された。孟優たちは礼をいって、自分たちの陣営に戻った。

孟獲は近郷へ側近を遣わして、十万の南蛮兵を集めて猛攻撃をかけた。諸葛亮は退却したと見せかけて、追撃してくる南蛮軍の後方へ軍勢を配置し、挟み撃ちにした。孟獲は、諸葛亮の姿を見つけて突進。落とし穴にはまった。

四度目の対面。諸葛亮は声を荒げた。

「生け捕りにしたぞ！　降伏するか！」

「おまえの卑怯な計略にひっかかった。悔しくて、死んでも死に切れない」

諸葛亮は兵士に斬れといった。ところが孟獲は引きずられながら、諸葛亮を振り返って、

「なあ、もう一度放免してくれたら、きっと雪辱するぞ」

諸葛亮は笑った。

「いいだろう」

孟獲は喜んで礼をいうと、本陣へ引き上げて行った。そんなことが五度、六度と続いて、七度目に捕らえられたとき、また放免しようという諸葛亮に、とうとう孟獲は、

「七度も生け捕りにして、七度も放免するのは、ありえないことです。私も少しは礼義を知っています」といった。

諸葛亮が、

「心から従うか？」と訊くと、孟獲は涙を流して、

「従います。七度も命を助けられました。このことは末代まで忘れません」

諸葛亮は、孟獲を洞主にして、蜀軍が奪った土地はすべて返した。

諸葛亮が七度も孟獲を捕らえ、そのたびに放免したのは、孟獲を心服させるためのコストでした。彼は軍事力というハードパワーで孟獲を追い詰めて、人格力というソフトパワーで心を攻め落としたのです。

勝敗を決するのは、相手が「もう降参だよ」と両手を上げるまで攻め抜く執念。そして最後の決め手は、「あなたには敵わない」と頭を下げさせる人格力です。人の心を攻め落とせるのは、人の心でしかありません。

そちの罪は すべて孔明《こうめい》が負う 孔明の功はそちに 譲ってやろう それゆえそちは 以前の通り 南蛮《なんばん》国王として 蛮土の民を愛し わしに代わって王化に 勤めてくれ
それでは 拙者のような 未熟者に 今まで通り 南蛮国を 治めよと
そうじゃ
ううっ
ううう

【姜維の北伐】

師から弟子に継承される精神と生き方の美しさを学ぶ

諸葛亮といえば、『演義』ではもっとも有名なトップスターですが、彼の死を触媒として、対照的な変化を見せた二人の人物がいます。魏延《ぎえん》と姜維《きょうい》です。本章は彼らのことを取り上げます。

まず、魏延。身の丈は八尺で、熟した棗に似た赤黒い顔をし、眼は星のように輝く。見るからに猛将です。

もともとは劉備が天下取りレースに乗り出したとき、とりあえず身を寄せた荊州の支配者・劉表のもとにいた武将でした。いい後継者に恵まれなかった劉表は、劉備に荊州を譲ろうとしますが、義に反するからと拒まれる。

のちに劉備は曹操軍に追われて襄陽《じょうよう》へ逃れますが、そこにいた劉表の後継者・劉琮は、厄介者を追い払おうとする。そのとき、劉備を匿おうとしたのが魏延です。しかしこの武将が劉琮の大将らと小競り合いになったのを見て、住民に危害を及ぼしてはいけないと、劉備らしい気遣いをして、江陵へ落ちていく。

結局、魏延は襄陽にいられなくなって、長沙《ちょうさ》の太守《たいしゅ》（郡の行政長官）・韓玄《かんげん》を頼ることになった。しばらくして関羽が長沙を奪おうと出陣する。そこで敵の老将・黄忠《こうちゅう》とまみえた。なかなか勝負がつかない。それを黄忠が手加減していると韓玄が疑って、捕らえて処刑しようとした。助けに入ったのは魏延だった。

「勇将や賢者を敬わない韓玄は太守の器ではない。私とともに倒そうではないか！」

韓玄は魏延の傲慢さを嫌って遠ざけていた。彼にはそれが不満だった。魏延は韓玄の首を取って、集まった領民と関羽のもとへ走った。そこに居合わせた諸葛亮は、魏延を斬ろうとした。

驚いた劉備が、

「なぜか？」と問う。諸葛亮は応える。

「主君を殺すのは不忠です。また、主君の領地を他人に献上するのは不義です。魏延はのちのち反逆します。いまのうちに厄介の芽は摘んでおいたほうが得策です」

劉備は、

「魏延を斬れば、投降したほかの者も、次は自分かと騒ぐだろう」と、ここは受け入れようという。諸葛亮は魏延にいう。

「命を助けてやるから、今度は主君に忠義を尽くせ。もし、妙なことを考えれば、必ず斬る」

魏延は恐縮して頭を垂れた。

その後、魏延は劉備軍の中核的な武将として活躍する。劉備が益州の牧になったときは揚武《ようぶ》将軍になる。劉備が漢中王になったときは漢中太守になり、やがては鎮北《ちんほく》将軍として漢中を守護する。つまりは武勇のおかげで重用された。

ところが劉備の死後、もともと持っていた傲慢さが表面化してきます。人間の本性はなかなか変わらない。諸葛亮が案じていた〝不忠〟と〝不義〟の芽がだんだん大きくなってくるのです。

魏の曹丕が死去して、若い曹叡が帝位に就く。諸葛亮はその間隙《かんげき》を突いて北伐を敢行します。長安を落とすために、祁山《きざん》から攻める戦略を立てた。魏延らを箕谷《きこく》から送り出し、斜谷《しゃこく》からくる馬岱らと祁山で合流させようとする。

しかしそれを見越した魏の司馬懿と曹真《そうしん》は、祁山の東と西に軍勢を配して、迎え撃つ態勢をとる。

箕谷へ進軍する魏延らのもとへ、諸葛亮の命令を携えた参謀の鄧芝《とうし》が現れる。

「箕谷では伏兵を警戒して、安易に兵を進めるなとの仰せだ」。諸葛亮は司馬懿らの動きを察知していたのです。だが、魏延は聞かない。

「丞相（諸葛亮）は、子午谷《しごこく》から長安を攻略しようという俺の進言を無視して、祁山にこだわったではないか。そのうえ安易に進むなとは、何を考えておられるのか」

魏延とともに出撃した陳式《ちんしょく》の軍勢も命令に背いて箕谷へ入り、待ち伏せていた司馬懿の軍勢に撃破されて敗走した。諸葛亮は戻った二人に敗北の責任を問う。

魏延がいう。

「陳式のせいです。彼が丞相のご命令を無視したのです」

陳式がいう。

「魏延が私を箕谷へ向かわせたのです」

諸葛亮は陳式の首を取ったが、武勇に優れた魏延は許した。最後の北伐のときには彼に先鋒を命じたのですから、人間性は別にして、相当な使い手だったのでしょう。さまざまな個性を用いることが、すぐれたリーダーの要件です。諸葛亮には、その器がありました。

しかし。

五丈原《ごじょうげん》でのこと。みずからの死期を悟った諸葛亮は、楊儀《ようぎ》に錦の袋を手渡していった。

「私が死んだら魏延は反逆する。君が奴と対峙したとき、この袋を開け」

諸葛亮が息を引き取ったと聞いた魏延は、まったく悲しむこともなく、こう言い放った。

「丞相のあとは誰がやるんだ？」

軍事権を委ねられたのは楊儀。気に入らない魏延は、馬岱を語らって反逆した。まず、劉禅に偽りの報告をあげる。

「楊儀が蜀軍を私物化して反逆しました。私は逆賊を許しません。必ず鎮圧いたします」

悪党は正義を装うものです。魏延は漢中を落としてから蜀に向かおうと南鄭《なんてい》の城へ。そこへ現れたのは姜維。彼は叫んだ。

「逆賊・魏延！　丞相の恩を忘れた恥知らずめ！」

魏延が叫び返す。

「おまえに用はない！　楊儀はどこだ！」

陰に隠れていた楊儀は、諸葛亮の遺言に従って錦の袋を開いた。そして馬に乗って魏延と対峙した。

「丞相は、必ずおまえが反逆するとおっしゃった。武勇を誇るなら、『俺を殺す勇気のある者はいるか』と叫べ。それができれば本当の男だ。すぐ漢中の城を引き渡そう」

「はっはっはっ」魏延は笑った。「孔明は死んだ。もうこの世に恐い者はいない。いくらでも叫んでやる。俺を殺す勇気のある者はいるか！」

その瞬間、後ろから、

「それは私だ！」という声が轟いて魏延を斬った。馬岱だった。

彼は諸葛亮から魏延が反逆したときの計略を授けられていた。楊儀は錦の袋にあった手紙でそれを知って、指示された通りにしたのでした。

◇

さて、いま反逆者となった魏延と対峙した姜維。彼は諸葛亮が魏延対策を講じた五丈原で、諸葛亮自身から正式な後継者と認められています。

「私はご主君のために、命懸けで中原《ちゅうげん》を奪還し、漢王朝を再興したいと願っていたが、天命はどうにもならない。私が学んだことは二十四篇の書物にまとめてある。これを受け継ぐ資格があるのは、おまえしかいない。あとは頼むぞ」姜維は声を放って泣いた。

姜維はもともと魏の武将でした。諸葛亮が最初の北伐で天水郡《てんすいぐん》を手に入れようとしたとき、太守の馬遵《ばじゅん》を誘い出し、城を落とそうとしたのを見破ったのが彼です。子供のころから大変な読書家で、兵法と武芸に通じていた。小《プチ》・諸葛亮といえるかも知れません。

兵を進めた諸葛亮は、姜維の軍勢と対峙して見事な用兵に感心する。「軍隊は、指揮の巧拙によって、生きも死にもする。彼こそは真の将軍だ」。諸葛亮は計略を用いて姜維を投降させると、その手を握っていった。

「私は主君に出仕して以来、これまで修めてきた学問を伝える賢者を探しあぐねていた。やっと願いが叶って、君と出会った。私は一羽の鳳《おおとり》を得た」。もちろん姜維も大いに喜んだ。このとき二十七歳。

その後、諸葛亮は姜維をそばに置いて、実戦のなかで学ばせた。また、戦略に悩むと意見を求めた。ただ、その本領が発揮されるのは諸葛亮の死後でした。

姜維は諸葛亮の後継者として蜀軍の要になった。魏では司馬懿がクーデターを起こし、大将軍の曹爽《そうそう》を始末して実権を握る。漢中を守備していた姜維は諸葛亮の遺志を継いで北伐に向かおうとする。

なかには、まだ早い、と慎重論を唱える者もいた。姜維はいう。

「人の生涯は長いようで短い。何もしないで月日を暮らせば、あっという間に墓の中です。このありさまでは、いつになっても中原を回復できません」

このあたり、周りから、そんなに急がなくてもといわれながら、北伐を敢行した諸葛亮と姿が重なります。姜維は出陣して、「丞相のやり方にならって進軍しよう」と慎重に兵を進めるが、このときは魏の勢いに押されて敗退する。

司馬懿が死んで、長男の司馬師《しばし》が大将軍になった。一方、呉では孫権が崩御する。手柄をあげたい司馬師は、弟の司馬昭《しばしよう》を大都督《だいととく》（総司令官）にし、この隙を突いて呉を攻撃するが、実質的な支配者である諸葛恪《しよかつかく》に追い払われる。

諸葛恪は姜維に手紙を送る。「司馬昭は敗走している。いまこそ中原を奪い取ろうではないか」。姜維はふたたび北伐に向かい、鉄籠山《てつろうざん》に司馬昭を追い詰めて、こういう。

「かつて丞相（諸葛亮）は、狡猾な司馬懿に逃げられたことがある。私は司馬昭を生け捕りにして、その仇を討つ」

しかし同盟を結んだ羌王《きようおう》に裏切られて、中原を奪回することはできなかった。

司馬師が死んだ。姜維は、また北伐を敢行しようとする。慎重論の将軍はいう。

「蜀は遠征に向いていません。防備を固めて、領民のための善政をしくことが、国家を安んじることになります」

劉備が去り、その遺志を継いだ諸葛亮が去り、蜀では漢王朝の再興という大目的が忘れられつつあった。姜維はいう。

「かつて丞相は、早くから〈天下三分の計〉を定められて、六度も祁山に出陣して中原を回復されようとした。私は丞相の遺命を受けたからには、なんとしてもご遺志を継ぐ覚悟だ。そのためなら命は惜しくない」

このときの戦で姜維は洮水《とうすい》を背にして陣をしいた。文字通り、背水の陣です。そして大勝した。勢いを増して進軍するが、魏軍の計略に陥って撤退した。しかし洮水の戦功で、姜維は大将軍になった。姜維は、すぐに次の北伐の戦略を練った。

結局、姜維の北伐は第八次にまで達した。魏軍のなかにも彼を認める者が現れる。「姜維は諸葛亮の兵法を知り尽くしている。本物の大将軍だ」。しかし蜀の国では、皇帝の劉禅が酒色に溺れて、宦官の讒言《ざんげん》を重んじ、賢臣・姜維を遠ざけようとした。これは国が滅びる兆候です。

案の定、魏軍がひそかに蜀へ侵入する。姜維は察知して劉禅に報告するが、宦官と遊興にふけっている劉禅は「天下は太平。やがて魏の国も陛下の物」という巫女の言葉を信じて取り合わない。

魏軍に攻め込まれた劉禅は、あっさり投降した。それでも姜維は漢王朝の再興を諦めない。魏軍の中核にいる鍾会《しょうかい》と結んで、蜀を回復しようとする。この計略は成功しない。姜維は魏軍との交戦で、

「計略が敗れた。天命だ！」と叫んで自死した。五十九歳だった。

魏延と姜維の違いは、どこにあったのでしょうか？　何が一方を反逆に向かわせて、もう一方を八度の北伐に向かわせたのか？　当然、二人の個性の違いはあるでしょう。それに加えて重要なのは、諸葛亮との関係です。

魏延と諸葛亮の関係は、軍隊という組織のなかでの上司と部下。ところが姜維と諸葛亮の関係は、師匠と弟子だった。上下関係にあるのは命令と服従です。それに比べて師弟関係には精神の継承がある。これが魏延と姜維の違いになって現れた。

反逆者として、かつての同僚に斬られた魏延。諸葛亮の弟子として、命の際まで漢王朝の再興を求め続けた姜維。リーダーとしての生き方は、どちらが美しいでしょうか。

【呉の建国】

多くの優秀な人材を得た三人の名君の人間的魅力を学ぶ

三国志の三国とは、魏・呉・蜀のことですが、『演義』を読むと、魏の曹操と蜀の劉備の対立が華々しく描かれていて、呉の孫氏の存在は、かなり地味な印象を受けます。しかし呉も三国のうちにほかならず、実は、蜀が魏に侵略されて、さらに魏が晋《しん》になってからも、しばらく呉は生き延びています。

つまり、呉は三国のうちでいちばん長命だったのです。本章では少しばかり、呉の主たちと彼らを支えたブレーンを取り上げてみましょう。

呉は長江のほとりに栄えた国です。揚子江《ようすこう》とも通称されるこの河は、全長が約六千三百キロ。中国で最も長い。呉は自然の要害に守られていた。これは呉という国の強さの秘訣だった。

『演義』の主人公たち、曹操、劉備は、創業者です。呉には、三人の主がいる。孫堅。その長男の孫策《そんさく》。次男の孫権。彼らはそれぞれ違った個性を持っていて、呉の建国のために尽くした。

まず、孫堅。彼は孫武《そんぶ》（兵法家の孫子）の末裔といわれる。豪胆な性格の持ち主。十七歳のときに父親と船で出かけたら、海賊が商人から奪い取った物を、岸辺で分けているところに出会った。

みな、見て見ぬ振りで、船も停まってしまった。孫堅は、

「ちょっとあいつらを退治してきます」と父親が制するのも聞かずに刀を持って船を下りた。そして、

「おい、あっちへ回れ！　そっちから囲い込め！」とまるで兵士たちを指揮しているような素振りをした。

するとそれを見ていた海賊は、兵士が駆けつけたのだと勘違いして、奪った物もそのままにして逃れ始めた。孫堅は追いかけて、海賊の首を一つさげて船に帰った。

この出来事は大いに孫堅の名を上げて、彼は仮の尉として、役所へ出仕することになっ

た。このあたりから孫堅は頭角を現してくる。反乱を起こした許昌《きよしよう》を撃破して、塩瀆《えんとく》県の丞《しよう》（県令の補佐官）になる。

その後、三つの県で丞を務めるが、どこへ行っても評判がいい。役人ばかりか、領民にも支持された。故郷の知人や、青雲の志を抱いた若者や、孫堅を頼ってくる者があとを絶たない。彼はそういう人々と家族のように接した。

〈黄巾の乱〉で活躍して、高官への階梯をのぼっていく。董卓が朝廷を乗っ取ると、義憤にかられて軍隊を組織した。漢王朝に対する忠誠心が強かった。

のちに荊州を攻略しようとして、劉表の兵士に射かけられた矢で戦死。三十七歳だった。まだ、若い。呉という国のかたちもない。しかし彼は孫策という後継者を残していた。

◇

当時、孫策は十七歳。父が頭角を現した年齢です。彼は、すでに十歳ぐらいの頃から、名士たちと交わりを結んで、すぐれた資質を持った若者だという声が高かった。父の死後に袁術のもとへ身を寄せると、彼は溜め息をついて、

「わしに孫郎（孫の若者）のような後継者がいたら、あとのことを思い煩《わずら》うことなくあの世へ行けるのに」といった。

孫策は、ハンサムで、朗らかに語って、他人の進言によく耳を傾け、人材の配し方がうまかった。会った者は誰でも、その魅力に惹かれて、命を惜しまずに尽くした。

孫策は兵を率いて、江東の各地を攻略する。袁術に敵対して、曲阿《きょくあ》に城を構えた劉繇《りゅうよう》を攻めたときのこと。人々は〝孫郎〟の進軍を知って恐れ、役人は城から逃れた。しかし孫策の兵士たちは、無用な殺戮も、理不尽な略奪もしない。家畜や作物はそのまま。人々は喜んで、孫策たちを歓迎した。

劉繇は逃亡した。曲阿に入城した孫策は、こんな布告をした。

「劉繇らの配下であっても、投降した兵の罪は問わない。従軍を志願する者があれば、家の賦役《ふえき》は免除する。従軍は強制されない」

すると十日ほどのうちに、二万人を超える兵士と千頭を超える馬が手に入った。孫策は江東に盛名を馳せて、勢いを増した。孫策は討逆《とうぎゃく》将軍、呉侯になった。

孫策は、呉の国が江東を根拠とする基礎をつくった。ところが。

彼はかつて手にかけた呉郡太守・許貢《きょこう》の食客《しょっかく》に襲われる。臨終にのぞんで、自分を支えてきたブレーンと弟の孫権を呼んだ。ブレーンには、こういう。

「天下の趨勢は、まだ定まらない。呉の軍勢と、長江の自然の要害があれば、ここを天下の中心にすることができる。弟を支えてやって欲しい」

　ここは呉が三国の一角を占めるためのポイントでした。孫策には息子の孫紹《そんしょう》がいた。しかしあえて後継者に弟の孫権を指名した。このとき孫策は二十六歳。孫権は十九歳。印《いん》綬《じゅ》は、兄から弟の手に渡る。孫策はいう。

「江東の軍勢を率いて、戦場で雌雄を決することなら、私のほうが上だ。しかし賢者や高い能力のある者を用い、江東の地を守ることでは、おまえのほうが上だ。決して父と兄の創業の苦闘を忘れるな」

「若過ぎます。この子にこんな重い役目は果せません」母は泣いた。

「大丈夫。仲謀《ちゅうぼう》（孫権）の能力は私の十倍です。内政は張昭に相談しなさい。外政は周瑜に。万事、うまくやってくれます」

　孫策はほかの弟たちにいった。

「団結するんだ。みなで仲謀を守れ。もし一族に反逆者が出たら、力を合わせて打ち破れ」

　こうして継承の儀式は終わった。呉は新しい時代に入った。

◇

　急を聞いて駆けつけた周瑜に、さっそく孫権は相談する。

「父と兄は偉大でした。私は二人が築いたものを、どのように守っていけばいいのでしょう？」

「こんな俚言《りげん》があります。『人を得る者は昌《さか》え、人を失う者は亡ぶ』。もっとも大切なことは人材を集めることです。そうすれば江東を守ることができるでしょう」

孫権はずっと孫策とともに転戦した。兄と同じように、明朗で、懐が深い。優しくて、決断力がある。孫策はいつも弟の智謀を評価して、自分よりも上だと思っていた。孫権もリーダーとしての器量をそなえていた。

しかし孫策が死去したとき、呉は、まだ小さく、しかも不安定だった。名を馳せた人物が各地にいて、世の中の趨勢を見ながら誰に仕えれば得かを探っている。まだ主従の間柄は定まっていなかった。

孫権は自分の周りに人材を糾合した。張昭四十五歳。周瑜二十六歳。周瑜の推挙した魯粛二十九歳。孫権の姉の婿《むこ》・弘咨《こうし》が推挙した諸葛瑾二十七歳。青年が中心になってがっちりと孫権を支えた。ここに呉の国が発展した大きな要因がある。

孫権の言葉が残っています。

「白い狐はいないが、白い狐の裘《かわごろも》はある。それは多くの毛皮から白い部分を取って一つにしたからだ。人々の力を糾合することができれば、向かうところ敵なしである。人々の英知を結集することができれば、聖人をも凌《しの》ぐこともできる」

人材を糾合するには何が必要か？　リーダーの魅力はもちろんですが、一つには気遣いがあるでしょう。孫権は、気遣いの達人だった。リーダーになったときから、周りは歳上ばかりだったから、自然と身についたものかも知れません。たとえば。

孫策の代からの周泰《しゅうたい》という武将がいた。孫権は孫策とともに戦に出たとき、彼に救われたことがある。周泰は敵に体をさらして、血を流しながら主の弟を守った。十二の傷を負って、敵がいなくなると意識を失った。

周泰が濡須《じゅしゅ》の防衛の責任者だったとき、若い部将たちの何人かは、この上官を軽んじていた。孫権は濡須へ出向いて酒盛りをした。兵士に酒を注いで回る。周泰の番になると、

「鍛え抜いた体をしてるね。よく見せてくれないか？」といった。

周泰は、はあ、と服を脱いだ。逞しい体の、あちこちに傷がある。戦傷は兵士の勲章だ。右肩のえぐられたような傷に、孫権は触れた。

「立派な傷だ。どの戦で受けた傷かな？」

周泰は、やや口ごもりながら、孫策と二度目の戦に出たときのものだ、と応えた。ひと

くさり、戦闘についても伝えた。

「あのとき確か君は、先鋒を任されていたね。真っ先に敵陣へ飛び込んだ。これはその傷か。勲章だね。勇敢さの証しだ。……で、これは？」

孫権は左腕の傷に触れた。

「はい、これは……」周泰は激戦の様子をつぶさに語った。

はじめは冷ややかに眺めていた若い部将たちも、いつか話に引き込まれて聞き入っている。このあと彼らは歴戦の勇士である周泰に従うようになった。

こうして孫権は、人材を糾合しながら江東を守り、漢から帝位を禅譲《ぜんじょう》された魏に仕えながら時を待った。やがて父も兄もできなかった偉業を達成する。呉王朝を築いて、皇帝になったのです。

◇

さて、孫権が皇帝を名乗るにいたるまで、彼のブレーンたちは、どのような仕事をしたのでしょうか？　たとえば重臣の張昭。孫権は彼を師傅《しふ》（アドバイザー）として遇しました。

一説によると、孫策は臨終のときにこういった。

「もし仲謀（孫権）に後継者としての才覚がなければ、あなたが主になれ」

少しでもよこしまな気持ちがあれば、張昭にはチャンスがあった。だが、彼はそうしなかった。孫策の死後、役人たちを束ねて、孫権を主君に立てると、補佐役に回った。漢王朝に孫権が後継者になったことを伝え、支配下の土地へ文書を送って、軍隊のリーダーたちにも、孫策に仕えたのと同じように忠節を尽くせ、といった。

そのあいだ孫権はどうしていたか？　彼は兄を失って心が萎えていた。しばらくは大きな悲しみのせいで、何もできないでいた。すると張昭がいった。

「後継者に求められるのは、先人の敷いた道を正しく受け継いで、さらに大きく発展させることです。いま天下は乱れて、恥知らずな盗賊が出没しております。孝廉《こうれん》（孫権）様は、屋敷に引きこもって、ただ悲嘆に暮れているだけでいいのでしょうか？」

そして、孫権を馬に乗せて、兵士たちのもとへ送り出した。おかげで呉の人々は、孫権が新しい主君だと知った。

十九歳の若い主君は、四十五歳の重臣に叱咤されて出発した。呉の新しい時代は、ここから始まって、やがて王朝を築くにいたったのです。

張昭はじめ、孫権のブレーンたちの活躍については、つぎに詳しく取り上げましょう。

【呉の家臣団】

己の長所を活かし
組織に勝利をもたらす知恵を学ぶ

『演義』では、地味な扱いになっていますが、実際には蜀と並んで強大な魏に対抗した国・呉。三代の主たちは、初代の孫堅が頭角を現し、二代の孫策が基盤を造り、三代の孫権が完成するという役割で、それぞれが名君でしたが、彼らを支えたブレーンもすぐれていた。

呉の家臣団のうち、おもだった四人の人物を取り上げてみましょう。

まず、張昭。若いころから、いろいろな書物に親しんで、隷書《れいしょ》をよくした。頭の切れる学者肌の人物だったのでしょう。彼を発見したのは孫策です。このブレーンを手に入れたときに述べています。

「私はこれから大いに事業を広げるつもりだ。そのためには何よりも英雄や賢人が必要になる。あなたには国の大事を任せたい」

孫策は張昭を長史《ちょうし》・撫軍中郎将《ぶぐんちゅうろうしょう》に抜擢し、わざわざ彼の家を訪ねて母親に挨拶した。古い友人のような交わりを結んで重用した。孫策が暗殺されて孫権の代になっても、張昭は同じ立場で働いた。

孫権はよく虎狩りを楽しんだが、あるときこの猛獣に襲われそうになった。すると張昭は強くたしなめた。

「なぜ、わざわざこんな危険なことをなさるのですか？　主君というのは、賢人や英傑を使う者のことで、野山を巡って虎などと危うい戯れをする者ではありません。もし大怪我でもされたら、天下の笑い者ですよ」。孫権は素直に謝った。

また、酒の好きな孫権が、盛大な酒盛りをしたとき、張昭だけは席を立っていなくなった。追いかけて行って、

「一緒に飲もうではないか」というと、

「過ぎた遊興は国を傾かせます」ときびしい顔つきでいった。

孫権が孫策から後を託されたのは十九歳。張昭は四十五歳。この重臣は、息子ほどの主君の教育係でもあった。彼は孫権に対して、言うべきことを、きちんと言い切った。遠慮

のない進言が孫権の気に障って、宮廷に出入りできなくなったことがあった。

若い主君は、すぐに後悔して呼び寄せた。張昭はいった。

「この命は、呉国のために使っていただきたいと念じています。主君にへつらって、ぬくぬくと生き永らえるようなことはできません」

「よく分かっている」と孫権はいった。「私が悪かった。これまで通りに仕えて欲しい」

張昭は、若い主君が国を動かすうえで、上滑りをしないための、貴重な重しだった。

〈赤壁の戦い〉のときには、曹操に帰順することを主張した。結局は周瑜ら主戦論派の意見が通ったが、もしこのとき呉が曹操に帰順していれば、天下は統一され、中国に戦乱が続くことはなかった、張昭の意見は孫氏にとって一見不利益に見えるが、天下の利益となり、延《ひ》いては孫氏の利益にもなっただろう、という見方もある。

忠言、耳に逆らう、といいますが、張昭は、若い孫権が嫌がることも、あえて進言した。このように建設的な反対意見を主張する人物がいたから、孫権政権はバランスの取れた運営ができたといえる。

人物の好悪でいえば、孫権は張昭を気に入らなかったはずですが、そのことが分かっていたから重用したのです。

次に周瑜。

孫策と同じ歳で、盧江郡《ろこう》の舒《しょ》の出身。孫堅は、漢王朝を私物化しようとした董卓の成敗に起ち上がったとき、家族を舒に移した。周瑜と孫策は仲のいい友人になった。周瑜は孫策の母親とも親しくつきあい、一つの家族のように暮らした。

孫策が父のあとを継ぐと、周瑜も軍勢に加わって活躍した。みなから周郎（周の若者）と呼ばれた。袁術が高い能力に見惚れて手に入れようとしたが、周瑜は彼の器量が小さいことを見抜いて相手にしなかった。

周瑜は、ハンサムで、性格は闊達《かったつ》。慎み深い。人望があった。程普《ていふ》は、「公瑾（周瑜）殿と一緒にいると、良く熟成された香り高い酒を飲んだようで、酔ったことさえ分からない」といった。

また、音楽通で、酒を飲んでいても、音程が狂ったら、ふと弾き手を顧みた。人々は、音楽が奏でられると、

「まちがったら周郎が見るぞ」といった。

西暦二〇〇年、孫策が亡くなって孫権の代になった。孫策の遺言は、「内政は張昭、外政は周瑜に相談せよ」。周瑜は張昭とともに呉の政治の中心になった。周瑜は臣下として

模範の態度で仕えて、新しい主君が誰かを明らかにし、人々はそれにならった。

その後、袁紹を倒して勢いに乗った曹操が、息子を人質に送れ、と求めてきた。張昭らは態度をはっきりさせない。内心、嫌だった孫権は、周瑜に意見を求めた。

「呉は強い国です。曹操が力ずくでやってきても敗れることはありません。人質は送らないで、様子を見るのが得策です。もし曹操が正義に基づいて天下を平らげるのであれば、彼の言うことを聞くのはそれからでもよろしいかと」。孫権はこの意見を採用した。

曹操は荊州を制圧。曹操軍は数十万に達する。孫権は、ブレーンに対応の仕方を下問した。大勢は、張昭を含め、漢の丞相・曹操への帰順で一致した。しかし周瑜は主張する。

「曹操は、実のところ逆賊です。いまの呉の力を持ってすれば、必ず倒せます」

孫権は彼の建策を取り上げた。そして刀を抜き放って机に振り下ろした。

「この先、帰順を説く者は、この机のようになる」

呉は〈赤壁の戦い〉に臨む。結果は、周知のように曹操を敗走させた。このとき周瑜は三十四歳。孫権は二十七歳。若い二人のリーダーの熱が、客観的に見れば勝ち目のない戦いを制したといえます。若さは、勢いであり、力です。

曹操は、周瑜をスカウトしようと人を送った。しかし。

「自分を理解してくれる主君に出会うことこそ、男子の本懐。しかも表向きは主従ですが、私と主（孫権）は家族と同じです。どうしてほかに主を求める気になれますか？」

周瑜の名望はますます上がった。のちに帝王となったときの孫権の言葉です。

「私は、周公瑾がいたから、皇帝になれたのだ」

周瑜にスカウトされた魯粛。

裕福な家に生まれた。若いころから大きな構想力を備えて、誰も思いつかないようなことを考えた。天下が不穏になって、貧しい人々が増えると、田畑を売り払って援助した。また、剣や馬や弓を修練して、若者たちを集めて小さな軍隊をつくった。

居巣県《きょそう》を統治するようになった周瑜が、魯粛を訪ねて経済的な支援を願ったところ、三千石の米を与えた。周瑜は彼の人物の大きさに感嘆して親しい友人となった。孫権の代になって、周瑜は魯粛をスカウトした。

「いまは臣下も主君を選ぶ時代です。私の主君は賢人や英雄を求めておられます。一緒に天下を取りませんか？」

孫権は、すぐに魯粛と語り合った。

「どのような計略をお持ちか？」

呉の家臣団

横山光輝『三国志』より　©光プロダクション／潮出版社

孫権が訊くと、魯粛は応えた。

「漢王朝の命運は尽きようとしております。曹操も簡単には討伐できません。江東を基盤にして、じっくりと天下の趨勢を見守ることです。やがてどこかに綻びができれば、そのときこそ勝負です。皇帝として中国の平定に向かわれるのです」

〈赤壁の戦い〉では、劉備を訪ねて、孫権と連合して曹操の進軍を阻もうと説いた。呉・蜀連合は彼が構想したのだった。これは魯粛の功績の最大のものといってもいい。

戦いが終わって凱旋した魯粛を、孫権はわざわざ出迎えた。

「あなたが馬から下りるとき、私が鞍を支えていたら、功績に報いたことになるかな？」

魯粛はいった。

「いいえ」人々が驚いていると、続けて、「陛下が帝位につかれて、専用の車を差し向けてくださらなければだめでございます」

孫権は喜んで笑った。

周瑜は病状が重くなったとき、後任に魯粛を推薦した。

「魯粛は、呉の未来を任せられる賢人です。どうか私のあとは彼に」

周瑜がいなくなったあと、魯粛は呉を代表する人物だったといわれる。

孫権が皇帝になるとき、重臣たちに向かって、こういった。

「子敬（魯粛）殿は、私が帝位につくことを予想していた。先行きの見える賢人だったのだな」

最後に諸葛瑾。

諸葛亮の兄。孫策の亡くなったあと、戦火を逃れて江東に移る。『演義』では魯粛に推挙されたことになっているが、実際は孫権の姉婿・曲阿の弘咨にスカウトされた。賓客となったのち、孫権政権で長史になった。

押し出しのいい、立派な風貌。物事をよく考え、まっすぐで、どのような人も受け入れる懐の深さ。孫権はよく諸葛瑾の意見に耳を傾けた。彼はコミュニケーションの達人だった。

孫権に意見を述べるとき、諸葛瑾は声高に主張することはない。相手を見ながら少しずつ小出しにする。拒まれると思えば、いったん打ち切って話題を替え、しばらくして別のことを語るように見せて、同じことを進言する。比喩を使う。すると孫権の心も動いた。

孫権が呉郡太守の朱治《しゅち》に怒りを抱いた。しかし問い詰めることもできない。すると諸葛瑾は、孫権の眼の前で、朱治を難じる手紙を書いた。次に朱治の立場から弁明する手紙をしたためた。そして二つの手紙を差し出した。孫権は笑った。

「よく分かった。顔回《がんかい》は、人々を親しくさせるのが得意だったらしいが、いまあなたがやったようなことをしたのかな？」

また、孫権は、武将の殷模《いんも》を殺そうとしたことがあった。誰がなだめても怒りは増すばかり。諸葛瑾だけは無言で事態を見守っていた。孫権がいった。

「子瑜《しゆ》（諸葛瑾）殿は、なぜ黙っているのか？」

諸葛瑾は切々と訴えた。

「私も、殷模も、ご主君に拾っていただいたおかげで、なんとか生きております。それなのに私は、彼を正しく導くこともできず、ご主君に逆らうような結果を招きました。殷模ばかりの罪ではないのです。これは私にとっても大いなる過ちです。お詫びの言葉もありません」

孫権は、深い悲しみを感じていった。

「あなたの言葉を重く受け止めて、殷模の罪は問わない」

諸葛瑾の存在は、張昭とは好対照でした。また、周瑜、魯粛も、それぞれの持ち味がありました。こうしたブレーンの層の厚さが、呉の強さだったのです。

人材の多い組織はモノトーンではありません。それぞれが独自な色を持ったカラフルな集合体です。三代の主君を支えた呉の家臣団の存在は、そのことを教えています。

【官渡の戦い】

時機を逃さず、人の意見に耳を傾ける姿勢の大切さを学ぶ

『三国志』は劉備、曹操、孫氏の三大スターが覇権を争った歴史・物語ですが、実は、もう一人、天下を窺える位置にいた人物がいます。袁紹です。

袁紹は四代続いて三公《さんこう》（帝を除いて、朝廷で最高の権力を持つ職位）を出した名門。袁紹自身も押し出しのいい立派な風貌をしていた。能力のある者は厚遇したので、多くの英雄や賢人が彼を慕って集まったという。

ところが結果として、袁紹は天下取りレースから脱落していった。それはなぜか？『演義』に、覇権を争うことになった最大のライバル曹操の参謀・郭嘉が、袁紹と曹操を比較して、袁紹の欠点を挙げている場面があるので、ちょっと見てみましょう。

①袁紹はことごとしい儀礼を尊ぶ。殿（曹操）は自然を好む。道において勝っている。
②袁紹は天子に逆らう。殿は天子のもとで人民を従える。義において勝っている。
③桓帝《かんてい》・霊帝以来、政道はゆるみきっているのに、袁紹はさらにゆるくしようとする。殿はきびしく臨んでいる。治において勝っている。
④袁紹は、見せかけは寛大なようで、内心は疑り深く、人を用いるときも一族の者である。殿は、真に寛大で、人を用いるときは才能だけを見る。度（度量）において勝っている。
⑤袁紹は謀略が多く、なかなか決断できない。殿はいい策があればすぐに実行する。謀において勝っている。
⑥袁紹は名声で人を判断する。殿は真心で人に接する。徳において勝っている。
⑦袁紹は近親の者ばかりを大切にする。殿は誰であっても心を配る。仁（情愛）において勝っている。
⑧袁紹は讒言に惑わされる。殿はそうではない。明（見識）において勝っている。
⑨袁紹は善悪の基準がない。殿は厳正に法を執行する。文（制度）において勝っている。
⑩袁紹は虚勢を張るだけで兵法の要諦を知らない。殿は神業のように兵を用いる。武において勝っている。

この〈十勝十敗の説〉は、袁紹を攻めあぐねている曹操に対して、参謀の郭嘉が述べていることなので、曹操の高い評価については割り引いて考える必要がありますが、袁紹の欠点についてはなかなか鋭く言い当てている。

では、『演義』に描かれている袁紹の姿を見てみましょう。

◇

天子を後見するという名目で、董卓が朝廷で専横を振るうと、各地にこの悪党を討伐しようとする英雄が決起して連合軍ができた。曹操の提案で、盟主になったのは袁紹です。冒頭で述べたように、彼は家柄もよく、知性もあり、押し出しもいい。しかも多くの兵を擁している。実力者でした。誰も反対する者はいない。袁紹はみなの推挙を受けて、盟主に就任する儀式を行って進軍する。報せを聞いた董卓は、呂布に迎え撃たせようとするが、ここで手を挙げたのは華雄《かゆう》。なかなかのつわものです。

戦闘になると、袁紹の配下で華雄に敵う者はいない。

「では、私が」志願したのは関羽。

しかしまだ『三国志』の天下取りレースが始まったばかりのことで、誰も彼を知っている者がいない。袁紹は官職を訊く。劉玄徳の弓手という応えがかえると、

「なんだ、弓手ごときが！」と従弟の袁術が怒鳴る。

「その通りだ。こんな者を出陣させれば華雄に笑われる」と袁紹。

名門の出身らしい身分への拘《こだわ》り方です。ところが曹操のとりなしで関羽は出陣し、あっさり華雄を倒してしまう。

このあと連合軍は董卓を追い詰めるものの、あと一息というところで袁紹は、兵士の疲労を理由に戦いを止める。ここで一気に決着をつけなくては勝てない。曹操は自分の手勢を率いて戦いを挑むが、数に勝る董卓軍には敵わない。

曹操は、袁紹の本陣へ戻っていう。

「なぜ、進軍しなかったのか？　これで天下の望みは断たれた。私は武将として恥ずかしい」

袁紹は無言。曹操は、彼の決断力のなさに愛想を尽かして、これでは董卓を討てない、と連合軍を脱退する。群雄の一人・公孫瓚《こうそんさん》も、彼を頼ってきた劉備らと去った。

袁紹は河内（河南省武陟県西南）に留まった。食料と秣が不足したとき、冀州《きしゅう》の牧・韓馥《かんふく》が補給してくれた。すると袁紹の参謀・逢紀《ほうき》が進言する。

「公孫瓚に冀州を分割・支配しようと持ちかければ、必ず攻略に向かいます。それで韓馥がこちらを頼ってくるように仕向ければ、獲物は手に入るでしょう」

罠にかかった気弱な韓馥は冀州を差し出す。袁紹は手に入れた土地を公孫瓚には渡さず、独占した。

いくら乱世とはいっても、欲に駆られて恩人や同志を裏切るのは不義です。こういうやり方を見て、参謀の荀彧、武将の趙雲など、こののち『三国志』を彩る人々が袁紹のもとを去った。

結局、董卓を討伐しようという連合軍の企ては失敗した。責任の大半はリーダーの袁紹にあるといってもいいでしょう。

◇

『演義』に描かれる合戦のなかで、天下の帰趨を決める名場面がいくつかあります。そのうちの一つが〈官渡《かんと》の戦い〉です。これは献帝を後見して朝政の実権を握った曹操と実力者・袁紹が、正面から衝突した合戦で、袁紹のリーダーとしての欠点が集約されている。

西暦二〇〇年、曹操は徐州に駐屯している劉備を討つために出兵する。劉備は袁紹に救援を依頼した。袁紹の参謀・田豊《でんほう》は進言する。

「曹操は劉玄徳の討伐に出向いて、根拠地の許昌は守備が手薄です。ここを一挙に叩けば天下は手に入ります」

ところが袁紹は、

「それが上策だろうな。しかしいまのわしは心が定まらない。玄徳殿には、うまくいってくれ」とそっけない。

末子《ばっし》の袁尚《えんしょう》が疱瘡《ほうそう》にかかって重態だったのです。田豊は、

「赤ん坊の病気ぐらいで！」と地面を杖《つえ》で叩いて悔しがった。

袁紹の態度は、人情としては分かりますが、リーダーとしては失格です。

劉備は曹操の攻撃を受けて敗走する。関羽は曹操に捕まった。劉備は袁紹のもと、冀州に身を寄せて、こう持ちかける。

「曹操は朝廷を私物化する悪人です。ここで討伐しないと、袁紹どのは義人ではないという評判を取ることでしょう」

田豊は反対した。

「このあいだは許昌の守備が手薄でした。いまは万全です。しかも曹操は勢いに乗っています」

しかし袁紹は止めるのも聞かないで出兵しようとする。田豊は土下座して強く諫めた。

すると袁紹は、

「おまえは、少しばかり頭がいいことを自慢して、軍事を軽く見る。わしが義人でなくなってもいいのか」と斬ろうとするが、劉備に止められて投獄する。

実は、ここに袁紹の最大の欠点があります。気に入らない意見は採用しないことです。リーダーは、組織を運営するうえで、さまざまな判断を迫られるものですが、その場合には、独善ではなく衆知を集めて、もっとも合理的で可能性のある方策を立てて、果敢に実行しなければなりません。

そのためには、たとえ自分の気に入らない意見であっても取り上げる度量が必要です。田豊の諫言は道理に適っていた。しかし袁紹には受け入れる度量がなかった。その結果はどうなったのか？　先を見てみましょう。

袁紹軍と曹操軍は交戦した。曹操軍に加わっていた関羽が、敵の武将・顔良を斬って、袁紹軍をたじろがせる。

「顔良の仇を討たせてください」と武将の文醜が申し出る。

「よし。十万の兵をつけてやる。黄河を渡って曹操を討て」と袁紹。

それを諫めたのは参謀の沮授《しょじゅ》。

「（黄河のこちら側）延津《えんしん》（河南省新郷市東）に本陣を敷いて、兵を官渡（河南省中牟県東北）に派遣なさいませ。ここで簡単に黄河を渡っては、何かあったときに誰も帰還できません」

袁紹は腹を立てる。

「兵の士気を下げるつもりか。もたもたしていたら事は成就しない。『兵は神速《しんそく》を尊ぶ』だ」

袁紹は孫策と協同して曹操を破ろうとするが、孫策は暗殺未遂の怪我がもとで急死する。曹操は弟の孫権を将軍に任用して同盟を結んだ。曹操の電光石火の外交戦の勝利です。

袁紹は七十万の兵を官渡へ進める。迎える曹操軍は七万。田豊は獄中から袁紹を諫めた。

「天の時を待つべきです。大兵を進めても勝ち味はありません」

参謀の逢紀が讒言する。

「ご主君が大義のために戦おうとしていらっしゃるのを田豊は妨げようとしています」

讒言に惑わされるのも袁紹の欠点。彼は田豊を斬ろうとするが、役人たちに止められる。

袁紹軍は、陽武《ようぶ》（河南省原陽県東南）に陣を置いた。

沮授が進言する。

「兵の数では我々が上ですが、勇猛さでは敵が上です。ただ、敵の兵糧は我々よりも少ないので、持久戦に持ち込むべきです」

袁紹は、

「田豊だけでなく、おまえもか！」と激怒して、沮授を陣中に閉じ込める。「あとで田豊とともに斬る！」

官渡で両軍が対峙して半年。兵士は疲れ果て、兵糧も不足しているので、曹操は許昌への帰還を考える。しかし決心がつかず、袁紹のもとから身を寄せた参謀・荀彧に相談。

「ここが天下の趨勢を決める戦いです。袁紹は大兵を抱えておりますが、用い方を知りません。決戦です！」という進言を入れて兵を励ます。

袁紹の参謀・許攸《きょゆう》は、兵糧がなくなったのですぐに届けよ、という曹操の手紙を入手し、袁紹に進言。

「曹操は長く官渡に留まっていますから、許昌は手薄です。軍勢を分けて叩けば、許昌は落ちます」

しかしこれも袁紹は聞き入れない。許攸は裏切って旧知の曹操のもとへ走る。烏巣《うそう》（河南省延津県南、封丘県西）にある兵糧の備蓄基地を焼き払えば、袁紹軍を破ることができると提案。曹操軍は烏巣に侵入して火をかけた。

袁紹軍は敗走する。沮授は曹操に捕まった。ブレーンになるよう説得されたが、袁紹のもとへ逃げようとしたので処刑された。忠義の士を失った、と曹操は墓をこしらえる。墓碑は「忠烈沮君之墓」。

袁紹は冀州に戻った。しおらしく、

「田豊の進言を聞いていればよかった」と反省するものの、またまた逢紀の讒言を信じる。

「田豊は、我々の敗戦を知って、やはり敗れたか、と大笑いしたそうです」

袁紹は、

「息の根を止めてやる」と怨む。

田豊は、

「主君を見極められなかった自分が無知だったのだ」と自死した。

〈官渡の戦い〉で敗れたことによって、袁紹は天下取りの可能性を失った。二年後、病床にあった彼は、後継者に長男の袁譚《えんたん》ではなく、末子の袁尚を指名して死去する。骨肉の争いが起きて、事実上、袁氏は滅びた。

袁紹の失敗は、多くの教訓を含んでいますが、なかでも人の意見を聞けない狭量さは、リーダーにとって致命的である事を教えています。

【徐庶の母】

英雄豪傑の活躍を支えた女性たちの偉大さを学ぶ

『三国志』といえば、天下取りの歴史・物語なので、登場するのはほとんどが男性です。しかし数は少ないですが、印象的な女性がいます。『正史』に記録が残っているのは、皇帝の妻たちなど、高貴な身分の女性ばかりですが、『演義』には庶民といってもいい人々が描かれている。

天の半分を支える女性たち。彼女たちは、『三国志』のリーダーたちにとって、どのような存在だったのか？　また、天下取りレースのなかで、どのような役割を果したのか？

本章は『三国志』に現れる女性たちを見てみましょう。まずは『正史』からです。

呉国の基盤をつくった孫堅の妻・呉夫人。彼女はもともと呉の出身で、幼いときに両親を失って、弟と二人で暮らしていた。聡明で美しい女性だった。それを知った孫堅が、ぜひ妻にしたい、と結婚を申し込んだ。ところが彼はあまり評判がよくない。

親戚が集まって相談した。

「孫堅は狡賢いぞ」

「それに人間が軽い」

「そんな男の嫁にやるわけにはいかないな」

断られた孫堅は、不敵な笑いを浮かべて帰って行った。親戚たちは嫌な気がした。あれは乱暴者だ、仕返しに何をするか分からない、しかしあんな奴に嫁げば不幸になる、どうしたものか？　ちらっと呉夫人のほうを見ると、おもむろに彼女がいった。

「なぜ、災いの種を蒔くのです。申し込みを受ければいいではないですか。もし私が幸せになれなかったとしても、それは定めでしょう」

結局、彼女は孫堅と結婚して、四男一女に恵まれた。このあたり、すでに胆の据わった女丈夫の風格が窺われるところですが、彼女の本領が発揮されるのは、そのあとのことです。

夫の孫堅は三十七歳の若さで戦死する。後を継いだ長男の孫策は暗殺未遂のときの負傷によって二十六歳で死ぬ。普通なら悲しみに暮れるところでしょうが、呉夫人はそうではなかった。いや、もちろん悲しみは深かったはずですが、これも運命と受け止める強さがあった。

次男の孫権が呉のリーダーに就くと、呉夫人は悲しみのなかから立ち上がって、軍事や行政について的確な助言を与える。呉を統治するうえで、重要な役割を果すのです。それは孫策が生きていたころからのことで、こんな逸話が残っています。

孫策の部下だった魏騰《ぎとう》は、主命に従わなかったので処刑されることになった。トップリーダーの決定だから、誰も覆すことができない。それを知った呉夫人は孫策を呼び出した。彼女は大きな井戸に寄りかかっていった。

「あなたは、まだこの国のリーダーになったばかりです。いま何をしなければならないか分かりますか？」

孫策が黙っていると、

「人材を集めることです。賢人や英雄を身の回りに置くのです。そのときに大切なことは、短所は見ないで、長所を見ることです」

「魏騰のことをおっしゃってるんですね」と孫策はいった。「しかし彼は主命に反しました。放って置けば示しがつきません」

「魏騰殿は、よく働いていますよ。もし、あなたが彼を処刑すれば、部下の心は離れるでしょう。この国は立ち行きません」

「しかし」

「いいでしょう」と呉夫人はいった。「自分の意志を通したければ、思うようにやりなさい。私は夫と長男（孫策）が礎になったこの国が滅びるのを見るくらいなら、ここを死に場所にします」

いまにも井戸へ飛び込みそうな呉夫人の勢いに押されて、とうとう孫策は魏騰を許した。孫策も孫権も名君ですが、偉大なリーダーの陰には、偉大な母がいたのです。

◇

次に『演義』に描かれる女性を見てみましょう。まずは、劉備のブレーンとなった徐庶の母です。

徐庶は見事な戦術を駆使して、押し寄せた曹仁の軍勢を大敗させた。曹操のもとに戻った曹仁は土下座して詫びる。曹操はいう。

「気にするな。戦いは勝つこともあれば敗れることもある。……劉備の参謀は誰だ？」

曹操は徐庶のことを知って、ヘッドハンティングしたいと考える。ブレーンの程昱が計略を立てた。徐庶は父と弟を亡くして、家族は母親だけになっている。彼女をうまく連れて来て、息子に手紙を書かせたら、徐庶を呼び寄せることができる。

さっそく使者が徐庶の母を連れて来た。曹操はいう。ご令息ほどすぐれた人物が朝廷に背く逆賊・劉備の参謀をしているのは、まことに惜しいことだ。あなたが手紙を書いて、こちらへ呼び寄せてくれれば、必ず重用しよう。

筆や紙がととのえられた。母は曹操を見つめていった。

「劉備殿はどのような方ですか？」

「下賤な身分のくせに、皇叔《こうしゆく》を名乗っている。信義も何もない。君子を気取っているが、実はあさましい小人《しようじん》だ」

「あさましい小人は、あなたではないですか！　玄徳殿は、中山靖王《ちゆうざんせいおう》の末裔《まつえい》、孝景《こうけい》皇帝の玄孫《げんそん》と聞いております。謙虚さと徳の高さは評判です。玄徳殿に仕えたのは息子の幸運。何が漢の丞相ですか、こんな謀をして。あなたこそ逆賊です。恥を知りなさい！」

母は曹操に硯《すずり》をぶつけた。怒った曹操は母を殺そうとした。程昱がいう。彼女は死のうとして、わざと反抗したのだ。母がこちらの手にかかったと知れば、徐庶は劉備のもとに留まって仇を討とうとするだろう。ここは頭の使いどころだ。

ブレーンに説得されて、曹操は母を生かして領内にとどめた。程昱は、彼女のもとへ通って、徐庶とは義兄弟だ、あなたは私の母でもある、と親密な関係を結ぶ。やがて二人は手紙をやりとりするようになった。

劉備の陣営にいる、徐庶のもとへ一通の手紙が届いた。

《あなたの弟の康《こう》が亡くなってから、私は独りになりました。悲しくてどうしようもなかったとき、丞相の使者があって、こちらへ連れて来られました。息子が朝廷に背いた罪で囚われの身になりました。

程昱殿のお力添えで、あなたが丞相に帰順すれば、死罪にはならないそうです。一刻も早く助けに来てください》

親孝行な徐庶は、気丈な母が助けを求めていることに涙を流して、劉備の許可を得て馬を走らせた。対面した母に、

「手紙を見てやってまいりました」というと、

「なんという親不孝なことを!」と母は叱った。「母がこんな手紙を書くと思いますか?逆賊の計略にたぶらかされるとは情けない。あなたは母よりも、劉備殿を取るべきです。

そんなことも分からないとは、何のために学問をさせたのか！」

　母は土下座している徐庶をじっと見つめ、やがてふっと屏風の後ろへ姿を消した。どれくらいたったか。下僕が現れて、

「大変です、大変です」と徐庶を奥へひっぱっていく。母は首をくくっていて、すでに息がなかった。

　自分の命と引き換えに、息子に義人であることを教えた徐庶の母。中国には、この出来事に類する故事がありますが、ここまでくると、女丈夫を通り越して烈女と呼びたくなります。

◇

『演義』に登場する、もう一人の烈女は劉備の糜夫人です。

〈長坂橋の戦い〉のときのこと。劉備は諸葛亮というブレーンを得て、本格的な天下取りに乗り出した。心穏やかでない曹操は、いまのうちに劉備を滅ぼしておこうと大兵を挙げる。多勢に無勢で勝ち味はないと見た劉備たちは、根拠地にしていた荊州から逃れて行く。

　やがて劉備の一行は、当陽県の景山に留まった。そこへ曹操軍が夜襲をかけた。朝になってみると、兵は百騎ほど。劉備は、ほとんどの兵を失ってしまった。

劉備の武将・趙雲は、甘夫人（阿斗＝のちの劉禅の実母。『演義』では第一夫人）と糜夫人（同じく第二夫人）、そして幼い世継ぎの阿斗の護衛を任されていた。敵と見方が入り交じっての乱戦をしのいで、ふと見ると、劉備ばかりか、夫人たちと赤ん坊もいない。

趙雲は馬を飛ばして長坂坡《ちょうはんは》へ向かう。道に座り込んでいた負傷兵が呼び止めた。

「甘夫人は、村の女どもと南へお逃げになりました」

趙雲は南へ馬の轡《くつわ》を向ける。すると逃げ惑う人々の群れがいた。

「甘夫人はいらっしゃいませんか！」

「ああ、将軍！」

群れのなかに甘夫人の顔が覗いた。

「糜夫人と若君はどちらに！」

「さっきまで一緒でした。どこへ行ったのか、私にも分かりません」甘夫人は泣き出した。自分の生んだ阿斗がいなくなったことに、ひどく動揺していた。

趙雲は甘夫人を同僚の糜竺《びじく》に託して捜索に戻った。

「糜夫人を知らないか！」と逃げる人々に声をかけて回る。すると一人が、

「糜夫人は、あちらです」と応えた。「槍で足をやられて、お子さまを抱いたまま、あち

らの塀にもたれかかっておられます」

趙雲が駆けつける。そこには焼け焦げた家があって、崩れた塀の下の、枯れ井戸のところに、阿斗を抱いた糜夫人が座り込んでいた。趙雲は馬を下りて跪《ひざまず》いた。

「申し訳ありません。私のせいで奥様にお怪我をさせました」

「いいえ。これで阿斗は助かります。夫の跡継ぎはこの子しかいません。お願いです。この子を父親のもとへ、無事に連れ帰ってください」

「分かりました。若君と馬に」

「それはだめです。馬は将軍が使わなければ」

「私なら大丈夫です。なんとしても敵陣を突破してみせます」

「私は足手まといになります。どうか、この子を」

「曹操の軍勢はすぐそこにいます。早く馬にお乗りください」

糜夫人は首を振った。

「私は動けません。この子は、こんなところで死なせるわけにはいきません」と阿斗を差し出した。「将軍、早く！」

糜夫人は動かなかった。曹操軍らしい鬨の声が轟いた。趙雲はいった。

「甘夫人はお助けしました。あとは奥様と若君です。手遅れにならないうちに、馬にお乗りください」

趙雲が力ずくで助け起こそうとしたとき、糜夫人は阿斗を地面に置いて、枯れ井戸へ身を乗り出した。

「奥様！」

糜夫人は枯れ井戸の底で死んでいた。

みずからが生んだ子供ではなかったが、劉備の跡継ぎを残すために命を捧げた糜夫人。彼女が守ったのは、ただの赤ん坊ではなかった。それは夫の大願でもあった。彼女は彼女なりのやり方で、天下取りの戦いを戦ったのです。

『正史』と『演義』では、多くの男たちが命を賭して、天下取りの物語を繰り広げますが、その数だけ、女たちの壮絶な戦いもありました。

【孔明の北伐】

安逸を選ばず、日毎に自由と生活を戦い取ることの幸福を学ぶ

『三国志』を読むと、乱世を勝ち抜くには、何よりも人材を糾合できるかどうかにかかっているとと痛感しますが、そのときに難しいのは、人物の見極め方です。そこで兵法書には、人物鑑定法が説かれている。

『三国志』の英雄たちも、人物の見極めには苦心したようで、諸葛亮の鑑定法が残っています。『諸葛亮集』に収められている兵法書『将苑《しょうえん》』。人物を見極めるには、次の七項目を見ればいい、という。

①ある事柄について善悪の判断を求め、相手の志がどこにあるかを観察する。

②ことばでやりこめてみて、相手の態度がどう変化するかを観察する。

③計略について意見を求め、それによって、どの程度の知識をもっているか観察する。
④困難な事態に対処させてみて、相手の勇気を観察する。
⑤酒に酔わせてみて、その本性を観察する。
⑥利益でさそってみて、どの程度清廉であるかを観察する。
⑦仕事をやらせてみて、命じたとおりやりとげるかどうかによって信頼度を観察する。

（守屋洋訳）

兵法とは、戦に勝つための哲学で、戦うのは木石ではなく、血の通った人間です。兵法家は、何よりも人間を知らなければならない。すぐれた兵法家の諸葛亮は、人間の本質を見抜く鋭い眼を持っていた。

ここに、なぜ、諸葛亮は五度（六度と数える見方もある）の北伐を敢行したのか？　についての、答えのヒントがあります。

◇

北伐とは、蜀が北方の魏を攻めることですが、魏・呉・蜀の三つの国が鼎立《ていりつ》していた時期、魏の戸数は六十六万三千、人口が四百四十三万二千人。蜀は戸数二十八万、人口九十四万人。

国力は圧倒的に魏のほうが大きい。魏には、名目にしろ、後漢の天子から帝位を譲り受けたという権威もある。三国鼎立といっても、魏に比べれば、蜀は地方の小国に過ぎない。呉も同じです。

『孫子』には、「彼を知り、己を知れば、百戦して殆《あやう》からず」とある。敵と自分の戦力を比較・分析して、戦える相手かどうかを判断するのは、兵法の基本。諸葛亮が魏の国力を知らないはずがない。客観的に考えれば、戦える相手ではなかった。

ところが諸葛亮は、果敢に魏を攻めた。五度の北伐の様子を見てみましょう。

〔一回目〕魏の文帝が死んで、まだ十五歳の息子・曹叡に帝位を譲る。これを知った諸葛亮は、馬謖の計略を採用して、いちばん手強い司馬懿に〈離間の計〉を用いる。曹叡は計略に落ちて、彼が謀反を起こそうとしていると疑い、解任する。

西暦二二八年、諸葛亮は、第一次北伐を敢行。劉備の跡を継いだ劉禅は、「南方の鎮圧が終ったばかりで疲れているでしょう」と引き止めるが、「この機会を逃せば、中原を取り戻すことはできません」と進軍した。いっきに天水、南《なん》安《あん》、安定《あんてい》の三郡を陥落させて祁山へ出る。

驚いた曹叡は、司馬懿を復権させ、軍事権を委ねた。諸葛亮は重要な戦略拠点・街亭の守備を馬謖に任せる。彼は副将・王平の諫めを聞かず、山の頂に陣を張って汲道《きゅうどう》（水を汲むルート）を断たれ、司馬懿の軍勢に敗れた。蜀軍は退却する。諸葛亮は馬謖を処刑し、みずからも責任を取って解任を願う。

〔二回目〕二二八年、魏軍は呉に進軍したものの、青年武将・陸遜《りくそん》の名指揮に大敗する。これを知った諸葛亮は、劉禅に、いわゆる『後出師《ごすいし》の表《ひょう》』を差し出した。

「臣《しん》、鞠躬尽力《きっきゅうじんりょく》し、死して後已《のちや》まん（私は命果てるまで国のために尽くします）」

諸葛亮は、第二次北伐を敢行し、軍勢を指揮して陳倉《ちんそう》へ向かった。司馬懿が曹叡に進言した。

「諸葛亮が陳倉から入ったのは、兵糧を運ぶのが容易だからです。しかし王双《おうそう》と郝昭《かくしょう》が守っているので、このルートを使うことができません。蜀軍の兵糧は一カ月と持たないでしょう。我々は持久戦を戦うべきです」

こうして魏軍は持久戦に入る。蜀軍は食料がなくなって退却した。

〔三回目〕二二九年、第三次北伐。諸葛亮は祁山に軍勢を置いた。司馬懿は部下の郭淮《かくわい》と孫礼《そんれい》に背後を突かせたが、計略を読まれて迎え撃たれる。

敗れた魏軍は、ひたすら守備に徹した。諸葛亮は退却すると見せかけて、魏軍を誘き出すことに成功し、司馬懿を敗走させた。追撃しようとしたところ、部下の張苞《ちょうほう》が死んだと報せがあった。

諸葛亮は慟哭し、血を吐いて倒れ、病床についた。十日たって、彼はいった。

「思うように執務がとれない。漢中で療養して戦略を練ろう。絶対に、退却することを気取られるな。司馬懿には油断できない」

蜀軍はその夜のうちに退却を始めて漢中へ戻った。司馬懿が気づいたのは五日目のことだった。

〔四回目〕二三一年、第四次北伐。諸葛亮の部下・揚儀が進言した。

「これまで出撃のたび、兵士は疲弊して、兵糧も持ちませんでした。軍を二分割して、三カ月ごとに交代させたほうがいいのでは？」

諸葛亮は提案を入れて祁山に向かった。戦況は蜀軍の有利に展開する。兵士の交替の時期がきて、司馬懿の大軍が動いた。揚儀が進言。

「兵士の交代は敵を迎え撃ってからのほうがいいでしょう」

諸葛亮はいう。

「私は信義を重んじる。兵士の家族も心待ちにしているはずだ」

するに兵士たちは、諸葛亮の温情に感激し、みずから残った。魏軍を迎え撃って見事に退けた。

そこへ部下の李厳《りげん》から手紙が届く。「呉が魏と同盟し、蜀の攻略に乗り出しました」。諸葛亮は祁山の陣営を引き払った。実は、李厳の手紙は作り事だった。彼は、自分が任されていた兵糧の手配がつかず、謀略を企てた。諸葛亮は裏切り者を処分した。

〔五回目〕二三四年、第五次北伐。諸葛亮はいう。

「あれから三年が経ちました。兵士は十分に訓練され、武器も兵糧も不足はありません。今度こそ中原を回復します。できなければ陛下のもとへは伺いません」

劉禅はいう。

「いまや三国は鼎立しています。どうして相父（諸葛亮）は太平を楽しまれないのですか？」

諸葛亮は応える。

「魏を滅ぼして、陛下のために漢王朝を再興することが、先帝（劉備）の大願だからです。それは私の生きている証しでもあります」

諸葛亮は祁山に進軍した。好敵手・司馬懿を計略にかけて、息子の司馬師、司馬昭もろとも火攻めに遭わせる。そこへにわかに激しい風雨が起こって親子は助かった。司馬懿は守備を固める。

戦闘は膠着状態。とうとう諸葛亮は五丈原で死を迎えた。享年五十四歳。劉備の軍師となって二十六年が過ぎていた。

◇

五度の北伐が成功しなかったのは、やはり圧倒的な兵力の差にあったと思われます。では、なぜ、諸葛亮が、客観的には勝ち味のない北伐を、ひたすら敢行したのか？　その答えは、ゲーテの『ファウスト』にありました。

知識を極めようとして、自分の無力さに絶望したファウスト博士は、悪魔のメフィストフェレスと契約を結ぶ。「私を満足させることができるか？　もし、私がある瞬間に対して、留まれ、おまえはいかにも美しい、と呼びかけたら、魂をやろう」

メフィストフェレスは、ファウストの奴婢《ぬひ》として仕え、享楽の世界へ誘う。しかしファウストは、なかなか満足しない。さまざまな経験の果てにたどりついたのは、海沿いの不毛な沼沢地《しょうたくち》を干拓して、民衆のために理想の国土を築くことだった。

ファウストの独白。

「おれは数百万の人々に、安全とはいえなくとも、／働いて自由に住める土地をひらいてやりたいのだ。／野は緑に蔽《おお》われ、肥えている。人々も家畜も／すぐさま新開の土地に気持よく、／大胆で勤勉な人民が盛りあげた／がっちりした丘のすぐそばに移住する。／外側では潮が岸壁まで荒れ狂おうとも、／内部のこの地は楽園のような国なのだ。／そして潮が強引に侵入しようとて嚙みついても、／協同の精神によって、穴を塞ごうと人が駆け集まる。／そうだ、おれはこの精神に一身をささげる。／知恵の最後の結論はこういうことになる、／自由も生活も、日毎にこれを闘い取ってこそ、／これを享受するに価する人間といえるのだ、と。／従って、ここでは子供も大人も老人も、／危険にとりまかれながら、有為な年月を送るのだ。／おれもそのような群衆をながめ、／自由な土地に自由な民と共に住みたい。／そうなったら、瞬間に向ってこう呼びかけてもよかろう、／留まれ、お前はいかにも美しいと。／この世におけるおれの生涯の痕跡は、／幾千代を経ても滅びはすまい。――／このような高い幸福を予感しながら、／おれはいま最高の瞬間を味わうのだ。」（相良守峯訳・傍点は引用者による）

こうしてファウストは、最高の満足を得て死ぬ。そして魂は、悪魔の手に渡るのではなく、天使に救済される。

さて、傍点のところが、諸葛亮が北伐を敢行した理由です。魏を討伐して漢王朝を再興できれば、それに越したことはありませんが、諸葛亮ほどの眼と頭の持ち主なら、それが困難であることもよく分かっていた。

もちろんすぐれた兵法家の諸葛亮には、魏を攻め続けて、彼らに余裕を与えないことが、蜀を守る術であるという計算があったでしょう。大国の魏が、じっくり戦略を練って、周到に大軍を動かせば、小国の蜀はひとたまりもないからです。

しかしそれにも増して、北伐は敢行することに意義があった。戦いこそが、北伐の目的だった。戦いのなかで、漢王朝の再興という見果てぬ夢は、リアルな夢でありえた。戦い続けることが、蜀と蜀の人々を生き生きと存立させた。

回遊魚のなかには、体の構造からして、水を口から出入りさせることでしか呼吸のできない種類がいます。鮫《さめ》、鮪《まぐろ》などがそうで、これらの魚類は呼吸をするために泳ぎ続けなければならず、動きを止めると死んでしまう。同じように、蜀も、戦いを止めた途端、内部から崩壊したことでしょう。

安逸は人間を腐らせる。よく生きるためには適切な緊張が必要である。危険にとりまかれながら、日毎に自由と生活を戦い取ることが、蜀とそこに生きる人々の幸福だった。それを見抜いて、死ぬまで戦いの指揮を執り続けた彼は、やはり見事なリーダーシップを発揮したといえるでしょう。諸葛亮は人間をよく知っていたのです。

【孫策の日時計】

人を信じ貫く勇気と約束を守る誠実さから生まれる信義を学ぶ

『三国志』の時代は乱世ですから、人と人の関係にもさまざまな綾が見られます。戦に勝つためには、敵を欺くことはもちろん、味方を裏切ることも珍しくない。たいていの場合、負けることは死につながっているから、疑心暗鬼になって、人との交わり方が慎重で、ときとして非情に傾いても仕方のないところがあった。

たとえば、董卓のブレーンとして活躍し、彼の死後はみずからが朝政をほしいままにした李傕と郭汜。そのころ二人の息の合った悪党ぶりを正せる者は誰もいなかった。そこで献帝のブレーン・楊彪《ようひゅう》が計略を進言した。

「まずは二人の関係を壊しましょう。力を分断しておいて、このところ勢いをつけてきた曹操に掃除をさせればいいのです」

楊彪は、妻を郭汜の妻のもとへやって、こう囁かせた。

「郭将軍（郭汜）は、李司馬（李傕）の奥さんといい仲らしいですよ。放っておいていいんですか？」

何日かして郭汜が李傕の宴会に出ようとしたら、

「あの人は、どうも怪しい気がします」と妻がいった。「『両雄並び立たず』というでしょう。酒に毒でも入っていたら、どうするんですか？」

「馬鹿な」郭汜は笑って取り合わない。

ところが妻は同じことを言い募る。やがて夜になった。李傕の使者が宴会の酒肴を持って来た。妻はそれに毒を入れた。郭汜が口にしようとしたとき、

「ちょっと待って」と傍らの犬に与えたら、痙攣して息絶えた。郭汜は黙って犬の死骸を見つめていた。

後日、宮廷での会合が終ったあと、

「飲もう」と李傕は郭汜を屋敷へ引っ張って行った。

その夜、酔っ払って自分の屋敷に戻った郭汜は腹痛に襲われた。

「毒のせいよ。解毒剤を」と妻は糞の汁を与えて、胃の中の物をすっかり吐かせた。すると腹痛は治まった。郭汜は剣の柄を握って、ぶるぶる怒りに震えながらいった。

「李傕を討つ」

兵士が集められて李傕を襲撃する準備が整えられた。それを知った李傕は、

「郭汜め。自分が何をしようとしてるのか、思い知らせてやる」と郭汜に兵を差し向けた。数万の兵士が城下で乱戦となった。結局、二人は同士討ちを続けているあいだに、曹操軍の猛攻を受けて都から逃走した。

この二人は、もともと帝を殺して、天下を二分しようとくわだてた反逆者なので、信義の心が希薄でした。だから女の嫉妬や、偶然の体調不良がきっかけで、簡単に壊れてしまうような関係しか築けなかったのです。

◇

陥れたり陥れられたりの、権謀術数の渦巻く『三国志』の世界のなかでも、ひときわ爽やかな印象があるのは、孫策と太史慈《たいしじ》の交わりです。孫策については、何度も書いてきましたが、呉の二代目の主君で、孫郎（孫青年）と呼ばれた、すぐれたリーダーの一人。

太史慈は、東莱《とうらい》郡黄《こう》県（山東省黄県）出身の若者で、背が高く、美しい髯をたくわえ、

武勇にすぐれて、特に弓の腕は右に出る者がいなかった。彼の人柄を知るエピソードが、生き生きと『演義』に描かれています。

北海太守の孔融《こうゆう》が黄巾賊の残党に攻められたときのこと。城壁の上から数万の賊を見渡して、どうしたものかと溜め息をついていたら、どこからか一騎の馬が出現し、馬上の男が槍を振り回しながら、賊を蹴散らして来る。誰かと思って眺めていたら、馬は瞬く間に彼の眼の下まで駆けて来て、

「開門！」と怒鳴った。

まったく見覚えがないので、様子を見ていたら、賊が群がってきた。すると男は槍を一閃、次から次へと敵を倒し、こちらへ向かって来る賊の群れに矛先を突きつけた。一瞬、敵がひるんで退いたとき、孔融は開門した。

「どなたかな？」孔融が訊くと、

「東萊の太史慈です。母がいつもお世話になっております」

「ほう、あなたが太史慈殿か」

太史慈の母は、城から二十里のところに暮らしていた。孔融は、英雄の誉れ高い、まだ見ぬこの青年が遠くへ出かけたと知ると、いつも彼女のもとへ反物や栗を贈っていた。

「遼東から家に戻って、殿が黄巾の残党に悩まされていると聞きました。母が、『ご恩返しに行っておいでなさい』と申しますのでまいりました」

孔融は顔をほころばせて、太史慈に鎧や馬を贈った。

「城を取り巻いている連中を退治させてください」と太史慈はいった。「勇猛な兵士が千人もいれば大丈夫です」

孔融は首を振った。

「あなたが勇敢なことは分かるが、連中は侮れない」

「私は、ご恩返しに伺ったのです。危険は覚悟のうえです」

「……劉玄徳が援《たす》けに来てくれればいいのだが……」

「では、私が使者になりましょう」

太史慈は、また単騎、賊のなかへ飛び込み、弓で敵を倒しながら、追っ手をかわして走り去った。夜には平原《へいげん》（山東省平原県西南）に着いた。孔融の手紙を読んで、劉備は剣を手に取った。

「太史慈殿、往きましょう」

劉備軍は、関羽・張飛を先頭にして北海郡へ向かった。黄巾の残党は、関羽、張飛、太史慈の敵ではなかった。見る見る陣形が崩れて混乱に陥ったところへ、城内で準備をしていた孔融軍も飛び出して、あっという間に賊は逃げ去った。

太史慈は孔融にいった。

「これで私の気も済みました。失礼します」

彼は孔融の用意した反物や金を受け取らないで、揚州（安徽省和県）刺史・劉繇に招聘《しょうへい》されているからと、来たときと同じように一人で旅立っていった。

◇

さて、こちらは父・孫堅を失って、袁術のもとへ身を寄せていた孫策。自立を図って計略を立てた。母方の叔父・呉景《ごけい》が、揚州の劉繇に攻められているので加勢したい、兵を貸してもらえないか？　と申し出る。

皇帝になりたがっている袁術は、孫堅が手に入れた伝国の玉璽を担保に兵馬を貸し与え、劉繇を討伐したらすぐに戻れ、と命じた。孫策は、周瑜、張昭など、のちの政権の重臣をスカウトし、劉繇の攻撃に向かった。

こちらは劉繇の陣営。《孫策、迫る！》の報せを受け取ると、ブレーンを招集した。

「私に先陣を切らせてください」一歩進み出たのは太史慈だった。

劉繇は手を振った。

「大将には若過ぎる。わしの側にいろ」

孫策軍と劉繇軍が交戦した。勝利を得たのは孫策だった。彼のもとには四千の兵が帰順した。やがて神亭《しんてい》（江蘇省金壇県北）に入った孫策は、大胆にも、少数の部下を伴って、漢の光武帝《こうぶ》の廟《びょう》を参拝する。

帰路、近くに駐屯している劉繇の様子を窺いに行って、劉繇の兵に発見された。

「罠だ」と知らせを聞いた劉繇。「伏兵がいるはずだ。追うな」

太史慈は立ち上がった。

「孫策を捕らえるのは、いまです。この機会を逃してはなりません」と馬に乗って槍をつかんだ。「誰か、勇気のある者はいないか？」

しかし誰も動こうとしない。太史慈は馬の腹を蹴った。

孫策が帰ろうとしたそのとき、

「待て！　孫策！」大音声が轟いた。

「誰だ」

「東萊の太史慈だ」

太史慈の馬は駆ける。槍の矛先はまっすぐ孫策に向かっている。矛先と矛先がぶつかった。右から左から、上から下から、縦横に槍が飛び交う。どちらも引かない。ふいと太史慈は馬首をめぐらし、孫策に背を向けて駆け出した。

太史慈は単騎。孫策には少数だが、部下がついている。追いかけて来い、と太史慈は心で念じる。思った通り、孫策は独りで追って来た。頃合を見て、太史慈はまた孫策と向き合って槍を交わらせた。

やはり勝負がつかない。いつか互いの槍の柄をつかみ、相手を馬から引きずりおろした。素手で殴り合いになった。二人とも、なんてしぶといやつだ、と思いながら、拳を叩きつける。

孫策は太史慈の短い戟《げき》を手にし、太史慈は孫策の兜を取った。睨み合っているうちに、劉繇と周瑜の軍勢が到着して乱戦になった。夕暮れになって風雨が吹きつけたので、それぞれの陣営へ退いた。

翌日また孫策は劉繇を攻めた。劉繇は根拠地の曲阿を周瑜に陥落させられて奪還に向かった。そこを孫策に追撃されて大敗した。太史慈は残った兵を挙げて猛攻を仕掛けたが、とうとう捕らえられた。

太史慈は本陣へ連れて来られた。孫策は縄を解いてやると、自分の錦の戦袍《ひたたれ》を脱いで羽織らせた。

「子義《しぎ》（太史慈）殿こそは英雄だ。それなのに劉繇は、君を大将にしなかった。負けて当然だ」

二人は、じっと見つめ合った。しばらくして太史慈は頭を下げた。孫策は酒を持って来させた。

「私のために働いてくれないか？」と孫策は太史慈に酒を注ぎながらいった。「私のもとで君の本当の姿を見せてくれ。このあと私は何をすればいい？」

「私は敗軍の将です」

「いや、君をそうしたのは劉繇の愚かさだ。君は主君に恵まれなかったんだ。教えてくれ。次に私のするべきことは何だ？」

太史慈は酒を一息に飲み干した。

「殿は、まず軍勢を増やすことが大事でしょう。劉君（劉繇）の配下は、いまばらばらになっています。私が出向いて、こちらへ帰順するように説得しましょう」

孫策は人懐こい笑顔を見せた。

「よし。私は兵を増やそう。君が行って説得してくれ。……明日の正午には戻れるか？」

太史慈は深々と一礼して馬に乗った。孫策の部将たちは、口々に言い合った。太史慈は、もう戻って来ない。しかし孫策はいった。

「子義は、明日の正午には、必ず戻る」

翌日は朝から竿で日時計をこしらえた。誰もが太史慈は帰って来ないと思った。孫策はじっと日影の長さを見守っていた。そして正午になったそのとき、向こうに土煙が見えた。軍勢の先頭を走っている馬に乗っていたのは太史慈だった。

『正史』によれば、太史慈が帰順させた人数は一万人。説得にかかった時間は六十日とあります。いずれにしても彼が、孫策との約束を守ったことに間違いはありません。

恩を知って、信義を貫く――しかも弓の名手。こういう太史慈の評判は高かったようで、多くの人材を求めていた曹操も、スカウトしようと手紙を送った。しかし太史慈は心を翻すことなく、孫策の死後は孫権に仕えて、四十一歳で死去しました。孫権はひどく悲しんだようです。

孫策の、ひとたび見込んだ人物を信じる度量。そしてその信頼に応えて、信義を貫く太史慈の誠実さ。これはどちらもリーダーに必要な要件といえるでしょう。

【馬騰と馬超】

義に生き抜く道を
父みずから子に示した信念を学ぶ

すぐれたリーダーは、大きな事業に挑むとき、必ず、後継者の育成に取り組みます。たいてい大きな事業は、何代にもわたる苦闘の末に成し遂げられるものだからです。大言壮語するばかりで、後継者の育成に取り組まないリーダーは底が浅い。

天下統一、漢王朝の再興という大きな事業に取り組んだ諸葛亮が、姜維という後継者を残した逸話には、すでに触れました。彼らは師弟ですが、『演義』には父子の逸話も少ない。印象的な父子として、馬騰《ばとう》と馬超《ばちょう》があげられます。

馬騰は、漢の名将・馬援《ばえん》の末裔。父は尉をしていて、のちに職を失って、隴西《ろうせい》郡の少数民族・羌《きょう》族の娘と結婚した。生家はあまり裕福でなかったらしく、馬騰は若い頃から苦心して働いた。

堂々たる体軀。ハンサムではないけれども、人柄がいいので、誰もが好意を持った。頭角を現したのは軍事の方面。羌族など異民族が反乱を起こしたとき、民兵を指揮して鎮圧し、征西《せいせい》将軍となった。

その後、朝政をほしいままにしていた董卓が倒れて、部下の李傕と郭汜が実権を握った。当時、西涼《せいりょう》太守（郡の行政長官）だった馬騰は、政道を正すため、義兄弟の并《へい》州刺史・韓遂と協力して、十万の大兵を起こした。

李傕と郭汜は、部将の李蒙《りもう》と王方《おうほう》に軍勢を与えて、馬騰軍と対陣させた。

「誰か逆賊を討つ者はいないか！」

馬騰が叫ぶと、彼の陣営から長い槍を持った若い将軍が、馬を蹴立てて現れた。美しい顔立ちに、精悍な体つき。この若武者が馬騰の長男・馬超で、齢は十七歳。

王方を槍の一突きで倒し、李蒙を捕らえた。馬騰軍は優勢だったが、敵の内部でこちらを支援していた人物の正体が発覚したものだから、仕方なく撤退した。

このの ち曹操が李傕と郭汜を撃退して、天子・献帝の後見人になった。すると今度は、彼が朝政の実権を握った。朝廷の心ある臣下たちは穏やかでない。虐げられた献帝は、側近の董承《とうしょう》に《逆賊・曹操を討て！》とひそかに血で綴った詔を下す。

そこへ献帝のもとへ挨拶に出向いた馬騰が訪れる。彼は天子をないがしろにしている曹操が許せない。董承にいう。

「あなたは皇帝の一族ではないか。なぜ、逆賊を討とうとされないのだ。本当に天子のことを考えていらっしゃるのか！」

慎重な董承がなだめると、馬騰は重ねて、

「あなたを見損なった」

そこで董承が密詔《みっしょう》を見せたところ、唇を嚙みしめて血を流した。

「私も兵を起こします」と連判状に名をしるし、
馬騰は、劉備を討伐のメンバーに推薦した。ところが曹操は不穏な動きを察知して、董承を処刑する。西涼にいる馬騰は助かった。

時は下って〈赤壁の戦い〉のあと。呉では名参謀の周瑜が死ぬ。荊州を根拠地にした劉備は、ここを好機と捉えて呉と同盟し、北伐を準備する。曹操は先手を打とうとするが、遠征すれば馬騰が攻めて来るかも知れない。

参謀の荀攸が進言した。まず、馬騰に詔をくだして、孫権の討伐を命じる。そして都へのぼったところを始末すればいい。

一方、こちらは馬騰。馬超に相談した。

「曹操め、何を企んでいるのか。俺は、こうして僻地の西涼にいても、天子の詔を忘れたことはない。ようやく玄徳殿が動き出されたので、いまだと思っていたのだ」

すでに三十代のなかばになっていた馬超は、父に献策する。

「勅命とあれば従わないわけにゆきません。曹操に弾圧の口実を与えることになります。まずは都へのぼって様子を見てはいかがでしょう」

馬騰は彼に西涼の守備を任せて、五千の兵と許昌へ向かった。そこで曹操の使者・黄奎《こうけい》から指示を受けるが、彼の父は李傕・郭汜の乱に巻き込まれて死んでおり、朝廷を私物化する曹操を憎んでいた。

黄奎は、曹操が馬騰を殺そうとしていると告げ、裏をかいて暗殺しようと持ちかける。

ところがこの計画が洩れて、馬騰は息子の馬休《ばきゅう》と捕らえられた。そして激しく曹操を罵って、

「私が逆賊を討てないのも天命か」と、馬休、黄奎と斬首された。

◇

西涼の馬超のもとへ、商人の姿をして落ち延びた馬岱（馬騰の兄の子）が戻った。父が殺されたことを聞いた馬超は慟哭し、歯嚙みをしながら曹操の打倒を誓った。そこへ荀州の劉備から手紙が届く。

「先君（馬騰）と私は、天子から曹操討伐の密詔を受けた同志です。将軍（馬超）が兵を起こされるのなら、私も軍勢を率います。曹操を倒して、先君の仇を討ち、漢室を再興しましょう」

馬超は韓遂の協力を得て、二十万の大軍で長安に進撃し、長安城を落とす。太守の鍾《しょう》繇《よう》は退いて潼関《とうかん》を守った。曹操は、曹洪《そうこう》と徐晃《じょこう》を救援に出したが、馬超たちの猛攻で潼関も失う。

曹操は、みずから潼関へ向かった。馬超は、喪中であることを示す白い戦袍に銀の鎧という装束で、槍を構える。曹操はその雄姿に感嘆して、みずから対面した。

「おまえは漢王朝の名将の末裔だろう。なぜ反逆するのだ！」

馬超は怒鳴った。

「この逆賊！　おまえが漢王朝の名を口にするな。朝政をほしいままにした罪は重いぞ。天の裁きを受けよ！」

馬超は槍を構えて突っ込んで行った。獅子奮迅の戦いに曹操軍は大敗。馬超は本陣へ斬り込んで、曹操を捕らえようとした。

「曹操は赤い戦袍を着ているぞ！」と馬超の軍勢が叫ぶ。馬に乗っていた曹操は、さっと赤い戦袍を脱いだ。

「曹操は長い髯だ！」

曹操は刀で髯を落とした。兵士が馬超に報せた。

「曹操は短い髯だ！」

曹操は破った旗を首に巻いて逃げた。

「逃げるな！」

ようやく馬超が追いついたとき、曹洪が現れて刀を振り回し、曹操を逃がした。曹操は残った軍勢で陣営を固めた。これまでの経験と知識を駆使し、じりじりと馬超たちを追い詰め、挟撃の態勢を取った。

馬超の陣営からは、形勢不利と見て、停戦を求める声が上がる。曹操は、この機会に馬超と韓遂を仲違いさせようとした。

曹操は、旧知の韓遂とわざと親しく会見した。怪しい手紙を送った。馬超は韓遂が裏切ったと思い、殺そうとする。韓遂は曹操に降った。馬超は曹操軍に追われて、隴西の臨洮《りんとう》へ逃げ延びて行った。

◇

曹操に敗れて二年後。羌族と同盟を結んだ馬超は、隴西の土地をあちこち手に入れて、反撃の鋭気を養っていた。ところが降伏した部将の楊阜《ようふ》が、血縁の将軍・姜叙《きょうじょ》と語らって反乱を起こした。

そこへ曹操の部将・夏侯淵の軍勢が現れた。馬超は敗走して、漢中の張魯《ちょうろ》のもとに落ち着いた。劉備に攻略されつつあった益州の劉璋《りゅうしょう》が援けを求めてきた。馬超は進言する。兵を貸してもらえれば、劉備のいる葭萌関《かぼうかん》を落とす、と。彼は手柄を立てて自立のきっかけを摑みたかったのでしょう。

馬超は葭萌関へ向かった。報せを聞いた諸葛亮は、張飛を奮い立たせて出陣させる。あとを追った劉備は、関所にたどりついて馬超の姿を見た。彼も曹操と同じように、その雄姿に感じ入った。

「『錦《にしき》の馬超』とは、よくいったものだ」

張飛は槍を振り回しながら、

「俺が張飛だ！」と大声でいった。

「私の家は公侯の爵位を賜っている。おまえみたいな小物を知るはずがない」

張飛と馬超は、槍を交えること百回。劉備は張飛を心配して銅鑼《どら》で呼び戻した。ふたたび槍や剣を交えること百回。やはり勝負がつかず、両陣営が松明《たいまつ》を掲げて夜戦になったが、最後まで戦いは互角だった。

翌日、諸葛亮がやって来た。

「このまま戦いを続けても無益です。私に考えがあります」

諸葛亮は張魯の配下・楊松《ようしょう》を買収して、張魯が馬超を引き揚げさせるように仕向けた。しかし馬超は聞かない。楊松は、馬超が蜀（益州）を攻略して君主になろうとしている、もとから漢中に仕える気はない、と流言を撒く。

張魯は怒って、一カ月で益州を手に入れ、劉璋を倒し、荊州の軍勢を打ち払え、それができなければ殺す、と命じた。仕方なく、兵を引こうとすると、馬超は裏切るつもりだ、とまた流言が撒かれた。彼は、進むことも、退くこともできなくなった。

そこへ諸葛亮の使者が現れた。

「かつて将軍は曹操を取り逃がして、つい最近は隴西から追い払われた。同じ過ちを繰り

馬騰と馬超

名もなき暴戦をしその才能を意義もなく捨てようとする呆れた愚者！父の馬騰《ばとう》もあの世で泣いているであろう
むむむ
なにがむむむだ！この戦いでお主が玄徳《げんとく》に勝ったら誰が一番喜ぶ
お前の父の仇曹操《そうそう》ではないか
そうだった俺の敵は曹操…

横山光輝『三国志』より　©光プロダクション／潮出版社

返すつもりですか？　いつになったら、先君の仇である曹操を討って、本懐を遂げるのです。

なぜ、劉皇叔のもとへ行かないのです。もともと先君は、皇叔とともに曹操を討とうと誓った間柄ではありませんか」

独りで曹操を倒して漢王朝を再興することは難しい。それなら劉備に仕えるのも選択肢のうちか。馬超はそう考えたのかも知れません。そして関所を訪ねた。劉備はみずから出迎えて歓待した。馬超はいった。

「ようやく明君に仕えることができます。眼の前に青い空が見えます」

劉備は彼の手を取って、

「私は益州を手に入れたぞ」と喜んだ。

その後、劉備が益州の牧になると、馬超は平西《へいせい》将軍になった。のちの漢中の戦いでも活躍し、劉備が漢中王になると、関羽、張飛、趙雲、黄忠とともに五虎《ごこ》大将に選ばれた。四十七歳で死去するまで劉備に仕えて曹操を追撃した。

馬超は、馬騰の志を受け継いで、曹操を倒して漢王朝を再興することに生涯を賭けました。何が彼をそうさせたのか。それは何度も政道を正すために兵を起こし、

「私が逆賊を討てないのも天命か」と叫んで死んだ父の姿ではなかったか。

父の生きて見せた信念に殉じる姿は、馬超に志を継承させるための、実物教育だったのです。言葉で子を導くのは難しい。現実の、生き死にの姿で、こう生きるのだ、こう死ぬのだ、と示すしかありません。それがリーダーとしての父の在り方です。

#【夷陵の戦い】

新しい人材を抜擢し、結果を出させる上役の補佐術を学ぶ

いま、どの組織も生き残りをかけて、改革を行っています。そのとき、もっとも肝要なのは、制度を変えることだけではなく、人材を得ることです。では、どのようにすれば、新しい人材を得ることができるのか？

『演義』によれば、西暦二一九年、劉備は漢中王になった。このとき関羽は荊州の守備にあたっていた。荊州はもともと呉から借り受けている土地で、持ち主は返して欲しいといっている。ところが関羽は何かと理由をつけて駐屯している状態が続いた。

そこで呉は計略を練って関羽が荊州の兵を樊城へ差し向けるように仕向けた。そして手薄になった荊州城を、呂蒙《りょもう》を大都督とする呉軍が落とした。樊城にいた関羽も徐晃の軍勢

に襲われて敗走。劉備のいる成都《せいと》に加勢を求めて、みずからは荊州を取り戻しに向かった。

呂蒙は、荊州城に残った部将・兵の家族を手厚く保護して、戦場にいる部将・兵の戦意を鈍らせることに成功する。関羽は全軍を叱咤するが、まったく意気が上がらない。結局、関羽と関平《かんぺい》の父子は、蜀へ敗走する途中、潘璋《はんしょう》の配下・馬忠《ばちゅう》に捕らわれた。

孫権は降伏を勧める。しかし。

「私は劉皇叔と、漢王朝を再興すると桃園で誓った。逆賊に投降するはずがない。罠に落ちたのは、私の罪だ。助けを請おうとは思わない」

孫権は熟慮の末、関羽父子を処刑した。関羽、五十八歳。劉備は関羽の死を知って、呉に報復しようとするが、諸葛亮に、いまは戦うときではない、と諫められて思い止まる。

ところが劉備は、身の回りに集まる人々と、濃密な人間関係を築くことで、集団を統率してきたリーダーです。義兄弟・関羽を殺されて放っておくことはできない。ここが劉備の人としての長所であり、リーダーとしての限界でもある。

二二一年、蜀王朝を起こして帝位についた劉備は、まず、呉を討とうとした。ここでも諸葛亮は、魏を討てば呉は従う、と戦略を説いて諫めるが、もう劉備は聞かない。七十五万の大兵を起こして呉に向かった。

劉備と同じく報復の機会を待ちかねていた張飛は、出撃の準備を急ぐあまり、部下に無理強いをしたため、あっさり暗殺される。五十五歳。犯人の范彊《はんきょう》と張達《ちょうたつ》は呉へ走った。ますます劉備の怒りは増幅された。

怒濤のように攻める劉備軍。関羽の息子・関興《かんこう》は、仇の潘璋を討ち取った。劉備の勢いを恐れた孫権は、ブレーンと相談して、范彊と張達を引き渡し、正式に荆州を譲ることで、停戦をはかろうとする。

ところが劉備の怒りは収まらない。張飛の息子・張苞に犯人を処刑させ、あくまで孫権を討とうと、呉の国境に迫る。孫権が対応に苦慮していたら、側近の闞沢《かんたく》が進言した。

「なぜ、陸伯言《はくげん》（陸遜）を用いないのですか？　関羽を破った策も伯言のものです。彼ならば劉備を倒せるでしょう」

ほかの重臣は反対した。陸遜は経験がないから、劉備にたちうちできない。若過ぎて人望がないから、将軍たちが命令を聞かないだろう。彼の能力は、せいぜい郡を治める程度――いつの時代も、新しい人材を評価できない人々は存在します。

しかし状況は、非常事態。しかも闞沢という信頼できる人物の強い推薦があった。この二つの条件が、陸遜を押し上げた。闞沢はいった。

「陸伯言を用いなければ呉は終わりです。私は彼に命を賭けます」

孫権は決断した。

「よし。陸伯言を呼べ」彼も難局の打開を青年に託そうとしたのです。

陸遜は、背の高い、ハンサムな青年で、鎮西《ちんせい》将軍の位置にあった。孫権は命じた。

「君に全軍を任せる。蜀軍を蹴散らせ」

陸遜は慎重です。自分は歳が若いから古くからの将軍たちが従わない恐れがある、と一度は辞退する。しかし重ねて孫権に請われて、文武の官僚たちを招集して、直接、任命していただきたい、という。

翌日、孫権は闕沢の進言にもとづいて厳粛な式典を行って、陸遜を大都督に任命した。宝剣と印綬を賜った陸遜は、まだ三十代。呉は、この青年リーダーに一国の命運を委ねた。

ここからが、いわゆる〈夷陵《いりょう》の戦い〉の始まりです。

◇

こちらは蜀軍の迫る長江のほとり、猇亭《おうてい》（湖北省枝江県西）。防衛体制を敷いていた呉のベテラン武将、韓当《かんとう》や周泰のもとへ、陸遜が大都督になったという通達が届く。二人は、なぜ、あんな青二才が、とびっくりした。そこへ陸遜が到着した。

作戦会議。集まって来る武将たちは、誰もが韓当や周泰と同じ気持ちだった。それを見抜いた陸遜は厳しく命じる。

「軍律を守っていただきたい。違反した者は厳格に処罰する」

翌日、陸遜は守りの強化を命じた。ところが武将たちは、陸遜が臆病だと軽蔑して従わない。陸遜はいった。

「なぜ、命令に背くのだ。君たちはそれでも軍人か」

すると韓当がいった。

「私は、孫将軍（孫堅）とともに、ずっと戦い続けてきました。ほかの武将も、討逆将軍（孫策）、大王（孫権）と、命懸けの戦闘をしてきたのです。なぜ、守ることばかりをいわれて、戦いを制せられるのです。

待っていれば、天が敵を滅ぼしてくれますか？　私は、命を惜しむ者ではありません」

ほかの武将も、口々に戦わせて欲しいと申し出た。しかし陸遜は剣を振り上げて叫んだ。

「私の命令は守りの強化だ。従えない者には厳罰を与える」

劉備は、長江のほとりに四十もの陣営を築いた。呉軍の大都督・陸遜が、関羽を罠に陥れた人物と知って、部隊を指揮して攻めてきた。韓当はいった。

「劉備を倒す好機です。出陣の許可を」

陸遜はいう。

「ここまで劉備の軍勢は勝ち戦を重ねている。将兵の意気は高い。戦えば向こうが有利だ。我々が守りに徹すれば、やがて向こうは陣営を山林に移すだろう、そこが勝負だ。一挙に撃破する」

韓当は不満を募らせて去った。

蜀軍が猇亭に迫ったのは冬。呉軍との対陣は長く続いて、とうとう夏になった。暑い日が続いた。劉備の陣営は、陽を避けられる山林の傍ら、飲料水を調達できる川に近い場所へ移った。戦いは秋になってからと決めた。

蜀軍の動きを察知した韓当と周泰は、陸遜に進言した。

「いまが攻撃の好機です」

陸遜は視察に赴いた。すると平地に、劉備軍の武将・呉班《ごはん》を先頭にして、一万ほどの、見るからに弱兵が待機している。

「あれは囮《おとり》だ。伏兵がいるだろう。出陣の許可はできない」

武将たちは、やはり陸遜は臆病なのだと嘲笑した。翌日、しきりに呉班は呉軍を挑発した。武将たちは、出陣させて欲しいと申し出る。陸遜はいう。

「諸君は兵法を学んだことがないのか。連中は我々が油断して攻撃するように挑発しているのだ。私のいうことは三日も経てば分かる」

「三日もすれば、蜀軍は陣営の移動を終える。そうなれば勝機を逸します」

「違う。連中が新しい陣営を敷いたときが、勝負のときだ」

三日目。呉班の軍勢が退いて、伏兵として潜んでいた劉備の蜀軍が躍り出た。陸遜はいった。

「とうとう本隊が現れた。これで十日もすれば蜀軍を殲滅《せんめつ》できる」

武将たちはいった。

「やるなら、対陣したときにやるべきでした。長く対陣しているので、いま蜀軍は要害を固めて守りも万全です」

陸遜はいう。

「諸君、兵法の定石ではないか。劉備の軍勢は、出陣したときこそ厳しく律せられていたが、こちらが挑発に乗らなかったので戦うことができず、長いあいだ守備しているうちに、将兵の戦意は失せている。いまが攻撃の好機なのだよ」

武将たちは、ようやく陸遜の深謀遠慮に気づいた。彼は劉備軍を攻略する作戦を練って、首都へ報告した。孫権は喜んだ。

「呉には、また新しい人材が踊り出た。もう案ずることはない。武将たちはみな、陸遜は臆病だといってきたが、思った通り違っていた。彼は勇敢だ」

攻撃を決断した陸遜は、韓当や周泰などのベテランではなく、若い武将・淳于丹《じゅんうたん》を出陣させて、長江の南岸、第四陣営へ向かわせる。中堅の徐盛《じょせい》と丁奉《ていほう》に、淳于丹が敗走したときの援護を命じた。

淳于丹は蜀軍と交戦、敗れて陣営に戻った。陸遜は詫びる若い武将に、

「君の罪は問わない。これで敵の備えが分かった。劉備を撃破する作戦は完成だ」

陸遜は全軍に命令を発した。水路と陸路の両方から攻撃する。兵士は煙硝や硫黄を仕込んだ茅《かや》の束と火種を持て。蜀軍の陣営にたどりついたら、風上から火攻めにしろ。どんなことがあっても退いてはならない。徹底して劉備を追いつめろ！

劉備は淳于丹の軍勢を破ったばかりで油断していた。すると陣営の一つが炎につつまれた。山林に移した劉備軍の陣営は次々に燃え上がる。長江の南北の岸は、まるで昼間のような眩しさだった。

劉備は敗走して、蜀の白帝城《はくてい》に逃げ帰った。陸遜の完勝だった。武将たちは、追撃を進言するが、陸遜は魏の曹丕を警戒して帰還した。思った通り〈夷陵の戦い〉を観測していた曹丕は、呉が劉備を追撃すると読んで進軍して来た。しかし陸遜の計略で撃破された。

　このときの功績で、陸遜は荊州の牧になり、呉の軍事権を握った。

◇

『正史』によると、陸遜は孫策の娘と結ばれて、やがて呉の丞相にまで登りつめました。呉は、三国のなかでも、もっとも最後まで生き延びた王朝ですが、その秘密は、新しい人材、わけても青年を抜擢することで、人材を途切れることなく輩出したところにあった。

　人材は待っていても現れない。リーダーが探し出し、抜擢して、活躍の舞台を与え、適切な補佐をする。それでこそ、人材は力を発揮できます。闞沢の推薦がなく、孫権の決断がなければ、陸遜も埋もれたままだったかも知れません。

　リーダーは、自分たちの身近に〝陸遜〟はいないか、注意深く目配りを怠ってはならないでしょう。

【七歩の詩】

相手の急所を突き心を動かす当意即妙の言葉の効果を学ぶ

『三国志』は、あまたの英雄が天下を争う痛快な物語ですが、戦いにおいては、武勇ばかりでなく、言葉も重要になります。言葉によって、敵を破り、味方を勝利にみちびくのも、リーダーの器量のうちでした。

そのときの言葉は、文飾を弄《もてあそ》ぶような、浮薄な言葉ではない。一言に命が懸かった、重い言葉です。

たとえば名医といわれた吉平《きっぺい》の場合を見ると、よく分かります。

朝廷を私物化した董卓が死ぬと、部下の李傕・郭汜が居座った。それを駆逐したのは曹操でしたが、今度は彼自身が朝政をほしいままにする。献帝の忠臣・董承は《逆賊・曹操を討て！》という詔を受けて、内々に仲間をつのり、時機をうかがった。

西暦二〇〇年の正月。我が物顔の曹操の態度を憤った董承は病になった。献帝は吉平を手当に向かわせた。ある日、二人は酒を飲んだ。酔って転た寝をした董承は、夢のなかで曹操を斬った。

「曹操！　天誅だ！」と叫んで飛び起きたところ、彼の心中を察した吉平が、

「私はただの医者です。しかし漢王朝の行く末を思って、ずっと心を痛めてきました。天子のためにご奉公ができるのなら命は惜しみません」

「偽りはないか？」

吉平は誓いのしるしに指を切った。董承の妾《めかけ》にちょっかいを出して罰された下僕が、二人が何やらたくらんでいると、曹操に訴え出た。翌日、吉平は呼び出された。持病の頭痛がするという曹操に、何も知らない彼は、毒入りの煎じ薬を処方した。すると曹操は、

「毒見をしろ」といった。

たくらみを気づかれたと思った吉平は、

「これ一服で頭痛は治ります」

無理に飲ませようとしたところを、傍らの兵に捕らえられた。吉平は拷問にかけられて

も、仲間を白状しない。曹操は怪しいと思われる重臣たちを投獄した。縄で縛った吉平を伴って、董承のもとへ赴いた。

「誰が、わしを毒殺するように謀ったのかな？」

董承の眼の前で吉平を査問した。

「私は天の命じるままに逆賊を倒そうとしただけだ」

全身を打たれて、人相まで変わり果てている吉平は、さらに拷問にかけられた。董承は、あまりの酷さに眼をそらした。曹操は、それを見逃さない。

「おまえの指は、なぜ、九本なのだ」

「逆賊を倒すための誓いを立てたのだ」

曹操は、傍らの兵に命じて、九本の指を切った。

「どうだ。誓いを立てるのに都合がよくなっただろう」

吉平は歯嚙みをしながら、

「私には、まだ、舌がある。逆賊を責められるぞ」

結局、吉平は、董承のことを自白せずに死んでしまうのですが、曹操に捕らえられて、満身創痍《そうい》となり、指を切られ、それでもまだ、この舌で敵と戦って見せる、という彼の構え——三国志の英雄たちにとって、言葉は命の際《きわ》の武器でもあるのです。

こちらも命が懸かった言葉の戦いです。

◇

二二〇年。六十六歳になった曹操は、重い病になる。後継者の候補は、卞氏が産んだ曹丕、曹彰《そうしょう》、曹植《そうしょく》、曹熊《そうゆう》の四人。曹操は、こういった。

「わしは三男・曹植の文才を愛していたが、奴は軽い。誠実さがない。酒に溺れて、気まま勝手だ。次男の曹彰は、腕はあるが、頭がない。四男の曹熊は、線が細い。後継者には、長男の曹丕を指名する」

混乱を避けるため、曹操が死んだその日、曹丕が魏王になった。すると曹彰が大軍を従えて現れた。曹丕は、王の座を争うつもりではないか、と疑う。側近が出迎えて、

「率直にお伺いします。ご葬儀のためにいらっしゃったのでしょうか。それとも王の座を争うために……」

「……父の葬儀に来た」

「では、なぜ、兵を従えておられるのでしょうか?」

曹彰はすぐ兵を退かせて、曹丕と父の死を悲しみ、領地へ戻った。曹植、曹熊は葬儀に

も現れない。曹丕は、側近の進言で、使者を派遣して、罪を問うた。すると曹熊は、自死してしまった。

ところが曹植は、酒を飲んで、素知らぬ顔をしている。側近の丁儀《ていぎ》・丁廙《ていい》の兄弟は、

「後継者は、我々のご主君しかいない。この馬鹿どもが」と使者に怒鳴った。

曹丕は配下の部将に命じて曹植たちを捕らえた。丁儀・丁廙は処刑。人々は二人の才能を惜しんで悲しんだ。

曹操の四人の息子を産んだ卞氏《べんし》は、曹熊の死を嘆いていたが、曹植までが捕らえられたと知って、慌てて曹丕のもとへやって来た。

「あなたたちは兄弟です。どうか、命だけは……」

「母上、大丈夫ですよ」

卞氏がいなくなったあと、側近が進言した。

「将来に禍根を残すべきではありません」

「母上のおっしゃることを聞いただろう？　どうすればいい？」

「曹植様の文才をお試しになっては？　こちらの指示に応じることができなければ厳罰に処す。もし本当に文才がおありなら、ひどく貶《けな》して評判を落としてしまうのです」

曹植が現れた。

「私とおまえは君臣の関係だ。主君として、わがまま勝手なやり方を見過ごしにはできない。しかし兄弟として、申し開きの機会を与えよう。いまから七歩のあいだに詩をつくれ。できなければ厳罰に処する」

「分かりました。詩の題を与えてください」

曹丕は壁にかけられた牛の水墨画を示した。二頭は土塀の下で争って、一頭は井戸で息絶えている。

「ただし、『二頭の牛が土塀の下で争って、一頭の牛は井戸に落ちて死んでいる』という言葉を使うな」

曹植は七歩進むあいだに詩をつくった。

両肉　道を斉《ひと》しくして行き、
頭上　凹骨《おうこつ》を帯ぶ。
相遇《あいあ》えり　塊山《つちやま》の下、
欻《たちま》ち起ちて　相塘突《あいたたこ》う。

二敵　倶《とも》に剛ならず、
一肉　土窟《どくつ》に臥《ふ》す。
是《こ》れ力如《し》かざるに非ず、
盛気の泄《も》れ畢《おわ》らざりしなり。（立間祥介訳）

誰もが驚いた。しかし曹丕はいった。

「今度は、すぐにつくれ。題は、兄弟だ。だが、『兄弟』という言葉を使うな」

すると曹植は、眼を閉じて、一つの詩を朗読した。

豆を煮るに豆萁《がら》を燃やし、
豆は釜の中にありて泣く。
本は是れ根を同じゅうして生ぜしに、
相《あい》煎《に》ること何《な》んぞ太《はなは》だしく急なる。（同。一般にはこちらを「七歩の詩」と呼ぶ）

さすがに曹丕も涙を流した。そこへ母の卞氏が現れた。

「兄弟で何をしているのです。あなたは弟をどうするつもりですか！」

曹丕は玉座から立ち上がった。

「兄弟でも、国法に背くことはできません」

曹植は、位を安郷侯《あんきょうこう》に落とされて、城をあとにした。

ここには、言葉の戦いで大切なことが示されています。

まず、速さです。曹植は、七歩のあいだに、また、即座に、詩をつくることで命を救われた。次に、的確に相手の心を捉えること。兄弟を豆に見立てた詩は、曹丕に兄弟としての情を呼び起こし、曹植を降格しただけで解放させたのです。

◇

諸葛亮の言葉の戦いを見てみましょう。曹丕は、魏王になった七年後、まだ十五歳の曹叡を後継者に指名して病死した。これを知った諸葛亮は〈離間の計〉によって、ライバルの司馬懿を失脚させると、劉禅に『出師の表』を出し、北伐に向かう。

蜀軍は、南安、天水、安定の三郡を手に入れて、勇んで祁山へと向かった。一方、魏の明帝（曹叡）は、ベテランの大将軍・曹真を大都督、七十六歳の司徒・王朗を軍師として、諸葛亮に対陣させた。

そうじゃのう
お前とわしは
兄弟じゃ
よし
兄弟を題とせい
ただしこれも
兄弟の文字を
使うてはならぬ
豆を煮るに
豆萁《まめがら》を燃やし
豆は釜中《ふちゅう》に在りて泣く
本是れ同じ
根より生《い》ぜしに
相煎ること
何ぞ太《はなは》だ急なる
詩は人の心を
打つ
曹《そう》丕《ひ》も
思わず胸を
つまらせた
丕よ
あっ
母上

横山光輝『三国志』より　©光プロダクション／潮出版社

曹真たちは、蜀軍を撃破するための戦略を練る。すると王朗がいった。

「明日は全軍を挙げて、我が方の威風を示してください。私が諸葛亮を説得して帰順させましょう」

翌日、夜明けには魏の大軍が勇壮に隊列を整えて、蜀軍と向かい合った。王朗は斥候《せっこう》兵に命じて、

「蜀の大将に申し上げることがある」と叫ばせた。

車に乗った諸葛亮が、蜀軍の陣頭に現れた。彼は王朗が降伏を勧告するつもりだろうと思って、側の部将に応えさせた。

「漢の丞相である。そちらの言い分を聞こう」

すると王朗は馬を進ませて、諸葛亮のもとへ向かった。魏は大国。蜀は小国。王朗には余裕がある。

「孔明殿、あなたほどの方が、なぜ、劉禅のような暗愚な主君に仕えて、大義のない戦を起こされたのか？」

諸葛亮には誇りがある。

「私は漢王朝の正統たる天子の詔によって逆賊を討ちに来た。大義のないのは、そちらで

はないか！」

するとと王朗は、魏軍の威風を背景に、滔々《とうとう》と曹操が天下を平定した「偉業」を述べて、降伏を勧告する。諸葛亮は笑い飛ばして、王朗をしのぐ弁舌で天下の趨勢を論じ、魏の悪を暴き立てる。そして王朗を、簒奪を行った「白髪頭の下郎」、私腹を肥やす「白髯の逆賊」と痛烈に罵った。

王朗は、怒りのあまり憤死した。「舌鋒《ぜっぽう》」といいますが、まさに、諸葛亮の言葉の鋒は、敵の急所を貫いたのです。この後、曹真の指揮する魏軍は敗走を続けることになります。

呉の孫策にも、こんな武勇伝があります。父・孫堅の死後、袁術のもとに身を寄せていた彼は、配下の進言で、父からもらった伝国の玉璽を担保に、兵馬を借り受けて、叔父の呉景を圧迫している揚州の刺史・劉繇の討伐に向かった。これを自立のきっかけにしようとした。

戦場で、敵の武将が背後から迫った。孫策の配下の兵が、

「後ろです！」と叫ぶ。

すると孫策は、振り向きざま、雷鳴のような大声を浴びせた。敵の武将はおののいて馬から落ち、頭を砕いて死んだ。

言葉は力、声は力です。リーダーとして、敵と向かい合ったときの言葉の戦いは、このような勢いに満ちたものでなければなりません。

【世襲と禅譲】

リーダーが出処進退を決めるポイントと後継者選びの難しさを学ぶ

いつの時代も、リーダーの出処進退には関心が寄せられます。我こそがリーダーと号令を発する時期を見極めるのは難しい。うまく時を得て頂上に立てる人物もいれば、タイミングを誤って野に没する人物もいる。

また、リーダーの位置についたあとは、引き際を見極めるのが難しい。勲功を立てて見事な引き際を見せる人物もいれば、たいした業績もあげられず、ぐずぐずと後進の道をふさいでいる人物もいる。

さらには、引き際を見極めることができても、後継者の選択を誤れば、組織も集団も滅びてしまう。リーダーの出処進退、後継者の選択という点を、三国志のリーダーたちに見てみましょう。

まず、曹操の場合。彼は西暦二一六年に、後見している献帝の詔によって魏王となった。当時の爵位は、王、公、侯、伯、子、男の順。彼は臣下としてもっとも高い王の位を得たわけですが、これは献帝が望んだわけではない。曹操がそうさせたのです。

彼が本当に欲しいのは帝位です。しかし簒奪者の汚名を着るのが嫌で、慎重に身を処している。

さて、魏王になった曹操は、世子《せいし》を決めるのにためらう。彼には、卞氏が産んだ曹丕、曹彰、曹植、曹熊という四人の息子がいた。いちばん気に入っているのは、文才の高い三男の曹植。すぐれた文人でもあった曹操とは相性がよかったのかも知れません。

父が曹植を後継者に望んでいると気づいた曹丕は、いろいろ工作して自分が後継者になれるようにはかった。迷った曹操は、長男を立てないと混乱の種になる、という側近の進言を受け入れて、翌年、曹丕を世子とした。

二二〇年のこと。寝室で寝ていた曹操は、眩暈《めまい》のせいで床を出て、机に寄りかかって転た寝をしていた。そこへ誰かの悲鳴が聞こえて眼を醒ましたら、血まみれの人々が、命を返せ！ と呼びかけている。びっくりして剣を振り回しているうちに卒倒した。

翌日、ひどく気分が悪くなり、眼の前が真っ暗になった。死期を悟った曹操は、側近を呼んで遺言した。

「わしが旗揚げをしてから、すでに三十年余り。残った敵は孫権と劉備だけだが、わしの命数も尽きようとしている。あとは曹丕に託したい。みなで支えてやってくれ」

曹操は死んだ。六十六歳。彼は、死ぬまで魏王としてリーダーシップを揮った。

さて、魏王に指名された曹丕は、このとき三十歳をいくつか過ぎたところ。気力も、体力も、充実している。また、政治力は父よりすぐれていたという評価もある。この年のうちに、部下をうまく使って、献帝に帝位の禅譲を迫り、魏王朝を築いた。

長年、父の果せなかったことを、トップリーダーになった途端、あっさりやってのけたのですから、たいした辣腕《らつわん》振りです。

この後、司馬懿の息子・司馬師、司馬昭が政治の実権を握って、司馬昭の息子・司馬炎《しばえん》が晋王朝を起こすわけですが、四十五年間、魏王朝はこれといった内紛もなく続いたのですから、曹操の選択は誤っていなかったというべきでしょう。

ただ、リーダーの地位を世襲するのはどうか？　中国において、リーダーの資格は〝徳〟ですが、これは親から子へ遺伝するわけではない。本来リーダーの地位は、世襲ではなく、能力のある者へ譲られることになっている。

ところが人は、権力を持つと、なかなか手放したがらない。〝徳〟のある者がリーダーになるという思想のある中国でも事情は同じ。曹操はすぐれたリーダーでしたが、このあたりは彼の限界ともいうべきでしょう。

◇

劉備の場合。曹丕が献帝から帝位を禅譲されて、実質的に漢王朝が滅んだことを受け、劉備は帝位につくことを決意する。二二一年のことです。太子は長男の劉禅。彼には、ほかに劉永《りゅうえい》、劉理《りゅうり》の息子がいたが、迷いはない。

それから二年後。劉備は病床にあった。ある夜、不意に奇妙な風が吹いて、灯火が消えたり点いたりする。何かと起き上がれば、関羽と張飛の姿が見えた。

「おまえたち、生きてたか」

驚いた劉備に、関羽がいった。

「いいえ、我々は亡霊です。上帝が神にしてくれました。やがてまた兄上とお会いできます」

ふいっと二人は消えた。劉備は使者を送って、諸葛亮を呼び寄せた。

「わしはもう長くない。遺言を託したい。君の才能は曹丕の十倍だ。必ず天下を取れるだろう。劉禅が天子になれるのなら、力を貸してやって欲しい。彼に能力がなければ、君がこの国の主になれ」

こう述べると、劉備は死んだ。六十三歳。劉備も、曹操と同じく、死ぬまでトップリーダーとして奮戦した。ここにリーダーの引き際の一つのモデルを見ることができる。曹操と劉備は創業者だから、取替えのきかないカリスマ性があった。つまり民衆の支持が高かった。

よく世間では、ある程度の年齢になれば、後進に道を譲るのが、いいリーダーと見なされていますが、リーダーの引き際を決めるのは、実は、彼自身ではなく、民衆です。民衆の支持があるうちは、リーダーはいくつになっても、その地位にあって奮戦しなければならない。逆に、民衆の心が離れれば、そこでリーダーの地位は失われる。それがリーダーの宿命といえる。

さて、話題を後継者の選択に転じると、劉備が曹操よりすぐれていたのは、帝位の世襲を第一義としながら、劉禅に〝徳〟がなければ諸葛亮が国を治めるように、と言い残した点です。

忠義の臣・諸葛亮は、十七歳の劉禅を即位させて、蜀王朝を守る。もっとも政治の実権は、丞相の彼の手にあったので、諸葛亮が国の主だったといってもいい。彼は名誉よりも実質を取った。劉備は、それを見越していたかも知れません。

やがて諸葛亮は五十四歳で死んだ。劉禅は、たがが外れたようになって、宦官を寵愛し、酒色にふける。そしてとうとう二六三年、魏に降伏してしまう。蜀は滅びた。洛陽に移送されて、司馬昭に、

「蜀のことを思い出しますか？」と訊かれて、

「いいえ、ここは楽しいので」と屈託なく応える劉禅には、天子の〝徳〟はなかったのでしょう。

◇

最後に、孫権の場合。彼は、曹操、劉備と違って、父、兄から地盤を引き継いだ人物です。でも、それなりのカリスマ性もあり、統治能力も持っていた。だから十九歳でトップリーダーになってから七十一歳で死ぬまで、その地位を守り続けることができた。

ただ、彼は晩年になって失敗した。引き際と後継者の選択です。

二二九年、孫権は呉の帝位について、長男・孫登《そんとう》を太子に定めた。その彼が十数年後に

病死する。次男・孫慮《そんりょ》は、すでに死亡している。そこで三男・孫和《そんわ》を太子に昇格させたが、もともと四男・孫覇《そんは》を溺愛していた孫権は、同じ年、孫覇を魯王《ろおう》に封じた。

呉国では、孫和を中心とする役所と、孫覇を中心とする役所が設けられて、官僚たちは両派に分かれ、保身のために子弟をそれぞれの役所へ送り込む。孫権は、孫覇を後継者にするつもりで、太子の孫和の支持者を逮捕し、処刑した。呉国には、大きな混乱が生じた。

孫和は嫡子《ちゃくし》で、孫覇は庶子《しょし》。それでも孫権が、能力のある者を、ふさわしい地位につけようとしたのであれば納得できるが、どうもそうではないらしい。本当の愛情は、その母にあったのかも知れない。そこで丞相の陸遜は、何度も上書した。

「国には秩序が必要でございます。孫和太子は、ご嫡子。孫覇殿下は、藩臣《はんしん》。それぞれの殿下の地位を、きちんとお定めにならなければ、我ら臣下は安心できません。このことについて、一度お目にかかって申し上げたいと存じます」

しかし孫権は取り上げない。陸遜は流罪にされて、続々と送り込まれる孫権の使者に責められ、憤死してしまった。同じく、孫権を諫めた顧譚《こたん》は僻地へ流されて、魯王を追放しようとした将軍の吾粲《ごさん》は処刑された。

孫権のわがままは高じる。太子を監禁し、諫める臣下を殺す。結局、孫和から太子の地位を奪って都から追放、孫覇と彼の側近を処刑し、いちばん下の孫亮《そんりょう》（八歳）を太子に定めた。二年後、孫権は病死する。

孫権のわがままは、後代にまで影響を与えた。

幼くして即位した孫亮は、なかなか聡明な少年だった。野心家の大将軍・孫綝《そんりん》の進言を、しばしば却下することがあった。また、兵士の子弟から、自分と同世代のすぐれた若者を三千人ほど選んで軍隊を創設した。彼は、この軍隊とともに自分も成長したい、と述べた。やがて孫亮は、孫綝の権勢が大きくなり過ぎたので排除しようとしたが、先手を打たれて皇帝の座を追われた。まだ十六歳だった。孫綝は、孫亮の兄・孫休《そんきゅう》を即位させた。

孫綝の力は増して、孫休は彼の顔色を窺うばかり。やがて孫綝が簒奪のくわだてをしていると知って、油断に乗じて逮捕すると、その日のうちに処刑した。そこへ会稽《かいけい》王となっていた孫亮がふたたびの帝位を狙っている、という告発を受けて左遷した。孫亮は自死したが、孫休による毒殺説もある。

孫休は、重臣に国の運営をゆだねて学問に没頭し、趣味の雉《きじ》射ちに興じる。側近は、政治をほしいままにし、人民のあいだでは反乱も珍しくない。孫休は、息子の孫𩅦《そんわん》を後継者に指名して、三十歳で病没した。

時代は激しく移り変わる。蜀が滅びた。魏の脅威を感じていた呉国では、誰もが名君を待望していた。そこへ左典軍《さてん》の万彧《ばんいく》が、親しい関係を結んでいた孫和の息子・孫晧《そんこう》を推薦した。

「孫晧どのには、天子としての〝徳〟がある！」

重臣たちは思案して、孫休の妃・朱氏《しゅし》に進言。呉国を維持できるのであれば構わない、と許可を得た。孫晧は二十三歳で、みなの期待を担って即位した。ところがこの若い帝は、とんでもない暴君だった。重臣たちは悔やんだが、対策を練る前に殺された。朱氏も命を奪われ、その息子たちは囚われて、二人が処刑された。

会稽郡の太守・車浚《しゃしゅん》が、旱魃のせいで人々の食料がなくなり、救援を依頼したところ、孫晧は、車浚が郡民に恩を売って抱き込もうとしていると疑って、斬首して見せしめに晒した。さらに諫言した臣下を殴り殺させた。

後宮に数千人の若い女を集めて、それでもまだ女漁りをした。言うことを聞かない女は、息の根を止めて川へ棄てた。顔の皮を剝《は》ぐ、眼を抉《えぐ》る、など残忍な行いをした。民衆に重い労働を課して苦しめた。

二八〇年、すでに蜀を併呑《へいどん》した晋が攻め寄せたとき、人々の心は孫晧から離れていた。

呉は消滅した——孫晧は、太子の地位を奪われた孫和の息子です。左遷された父の姿を見て、潜在的に呉国に対する怨みを抱いていたと見るのは、穿《うが》ち過ぎでしょうか。

リーダーの引き際は、民衆が決める、といいました。孫権は、後継者の選択で迷走していたとき、すでに民衆の支持を失っていた。無理を承知でいうと、たとえば陸遜あたりを帝位につかせて、彼が後見していれば、どうなったか？

三国が晋に統一されるという歴史の流れは変わらないかも知れません。ただ、少なくとも孫権は、リーダーの身の処し方として、曹操、劉備をしのぐ、見事なモデルを提示することができたでしょう。

引用参照文献一覧

『三国志通俗演義』（嘉靖本） 全二十四巻　羅貫中著
『三国演義』上下巻　羅貫中著　人民文学出版会
『絵本通俗三国志』全十二巻　湖南文山・文　葛飾戴斗・挿画　第三文明社
『三国志演義』改訂新版・全四巻　羅貫中著　立間祥介訳　徳間文庫
『三国志演義』全七巻　羅貫中著　井波律子訳　ちくま文庫
『完訳　三国志』全八巻　羅貫中著　小川環樹・金田純一郎訳　岩波文庫
『正史　三国志』全八巻　陣寿・裴松之注解　今鷹真・井波律子・小南一郎訳　ちくま学芸文庫
『三国志演義大事典』沈伯俊・譚良嘯編著　立間祥介・岡崎由美・土屋文子編訳　潮出版社
『三国志名言集』井波律子著　岩波書店
『スカウト』後藤正治著　講談社
『ゲーテ全集13』所収「箴言と省察」ゲーテ著　岩崎英二郎・関楠生訳　潮出版社
『曹操　三国志の奸雄』竹田晃著　講談社学術文庫
『曹操注解　孫子の兵法』中島悟史著　朝日文庫
『九十三年　上』ヴィクトル・ユゴー著　榊原晃三訳　潮文庫
『職業としての外交官』矢田部厚彦著　文春新書
『外交談判法』フランソア・ド・カリエール著　坂野正高訳　岩波文庫
『外交』ハロルド・ニコルソン著　斎藤真・深谷満雄訳　東京大学出版会
『三国志　きらめく群像』高島俊男著　ちくま文庫
『諸葛孔明の兵法』守屋洋編訳　徳間書店
『参謀学　戦略はいかにして創られるか』加来耕三著　時事通信社
『〈三国志の謎〉徹底検証　諸葛孔明の真実』加来耕三著　講談社文庫
『ファウスト　第二部』ゲーテ著　相良守峯訳　岩波文庫
『カリスマヘッドハンターが明かすリーダーの条件』古田英明・縄文アソシエイツ著　大和書房

初出　月刊『潮』二〇〇六年七月号～二〇〇八年四月号（途中休載あり）

村上政彦［むらかみ・まさひこ］業界紙記者、学習塾経営などを経て、1987年に海燕新人文学賞を受賞、作家生活に入る。以後5回、芥川賞の候補に。主な作品に『ナイスボール』『魔王』『トキオ・ウィルス』『「君が代少年」を探して』『見果てぬ祖国』(翻案)『ハンスの林檎』など。『ナイスボール』は映画化(表題は『あ、春』)されて、ベルリン国際映画祭で国際批評家連盟賞を受賞。アジアの新しい物語を紡ぐ日本語の作家として活躍している。

三国志に学ぶリーダー学
2008年4月25日　初版発行
2009年6月10日　3刷発行
著者／村上政彦

本文印刷・付物印刷・製本
大日本印刷株式会社
発行人／西原賢太郎
発行所／株式会社　潮出版社
〒102-8110　東京都千代田区飯田橋3-1-3
電話／03・3230・0781(編集) 03・3230・0741 (販売) 振替口座／00150-5-61090
★
ISBN978-4-267-01797-1　C0095

http://www.usio.co.jp